半杯火——著

暗影者 甯安

JUSTICE UNDER
THE SHADOW

【各界名家推薦】

人類社會存在不公不義的情事，自古而然。西漢司馬遷〈伯夷列傳〉的記載：在古代，行仁義的伯夷與叔齊餓死在首陽山，好學的顏淵早夭；日殺不辜而肝人之肉的盜跖，橫行天下竟以壽終。在漢代，操行不軌而專犯忌諱的人，可以終身逸樂；因公正而發憤的人，卻遭遇禍災。傳統的觀點認為天道常幫助善人，面對古代與漢代不公不義的現象，司馬遷提出質疑：「倘所謂天道，是邪非邪？」《史記》標舉遊俠與刺客，或許就是一種面對的方式。

推而廣之，如何面對與處理世界的不公不義，是古今中外人類必須面對的課題，當然，小說家也會思考這樣的問題——半杯火《暗影者》就是藉由臺灣轟動一時的社會新聞事件去試著提出制裁犯罪者的新方案的小說。貪汙案、性侵案、捷運隨機殺人案，都是透過司法判決給出正義，然而未必真能懲罰或制裁犯罪者。想要預防或制裁犯罪者，必須有一個組織，執行的人具有超能力，甚至可以穿越時空，情節自然走向奇幻文學。

據報導，司馬遷在看過《暗影者》後表示：這是當代臺灣版的〈刺客列傳〉，當年我因為善人有惡報、惡人有善報而質疑天道的存在，半杯火的小說不但解決我的質疑，縝密的布局，流暢的敘述，巧妙的制裁，讀來真是過癮。

——簡光明（國立屏東大學人文社會學院院長）

半杯火是我任教於屏大中文系首屆導師班學生，貼心暖男，在班上人緣特佳；酷愛寫作，澆灌小說、散文和新詩的園地。畢業後經歷碩士班的學術薰陶，以及社會工作的豐富閱歷，筆力日益精進，系上學弟妹無人不知這位文學獎的常勝軍。記得他於畢業前夕立下壯志，未來二十年持續筆耕，並且計畫出書；今日開花結果，《暗影者》順利問世，可喜可賀。

《暗影者》可歸類為反映社會現實的奇幻小說，以伸張正義為核心精神。情節嵌入轟動一時的新聞議題，如食用油油品事件、文化國小襲擊事件、貪汙案、性侵案、捷運隨機殺人案等；塑造具有超能特質的英雄人物，透過紫婆婆神秘組織的運作，斬除惡霸，匡正扶厄，默默另闢一條私法正義的道路。其中那些具有特異武功的暗影形象，有如唐代傳奇〈霍小玉傳〉中挾持李益和霍小玉相見的黃衫客；又紫婆婆與甯安的獵魔除垢，則有如〈聶隱娘〉中尼姑師父與聶隱娘的除暴安良。古今小說中的俠客，常以「犯禁」的外在行為追求更高道德標準實踐的體現，他們超越法律的轉型正義，為社會安定譜寫出可能的想像。

邁可・桑德爾（Michael J. Sandel）在《正義：一場思辨之旅》中說：「思考『正義』，才能促使我們思考最好的生活方式。」《暗影者》透過私法正義的虛擬實驗，帶領讀者思辨法律、道德和正義之間的衝突爭議，如現行法律是否能公平保障所有人？是否能有效制裁犯罪者？又當法律無法制裁罪大惡極者時，私法正義執行的可能性？整體而言，小說主題意涵深刻，反對暴力思想昭然若揭，同時顯露對最好生活方式的企盼。文學是反映現實的一面鏡子，勉勵雨諄秉持關懷社會的精神，永續深耕文學花園，以饗讀者。

——林秀蓉（國立屏東大學中文系教授）

作者書寫流暢敘述精彩，對於角色的心情描述仿若電影鏡頭般躍於紙上立體成型，而整體那種不協調又難預測的氛圍令我想到斯特拉文斯基那劈天劃地原始震撼的春之祭。異幻鬼艷，痛快淋漓。關於整個故事的起始（我自己這麼猜測啦），亦即關於私刑正義這件事，一直在社會上有著許多討論的空間。什麼是正義？在一定的律法規範裡，透過司法程序，獲得某一判決，所得到的結果，必定可以稱為正義嗎？抑或是，這樣得到的正義，若是與大眾期望不符，我們願意承認它是一種正義嗎？暗影者這個故事試圖在虛構的小說框架裡，走出私刑正義的一條路。一開始觀眾很容易在甯安對於私刑正義的執行體驗到一種大快人心的快感，然而私刑正義的正當性如何？執行規準在哪？甯安本來心裡有著她的界線，然而當紫婆婆一路引領她跨過這條線，觀眾是否在此時如我一般擔憂著甯安事後回頭是否能心平氣和看待那樣的自己？而甯安的手法或許讓人一卸心頭之恨，但如小熙那樣極端的殘暴手法又是我們所樂見的嗎？私刑正義的執行者應該是誰？異能者嗎抑或是任何看不下去的人？私刑正義的規準又在哪？誰可以規範私刑正義應該遵循的正義？作者在暗影者中拋出了這些問題，相信每個人都能在看完之後，如同調相機焦距一般，能夠更清晰的測量出自己的想法與觀點，或者至少，能使人對這個議題有更深入探索的意圖——而這應該是一個文學作品能帶給世界最大的禮物了吧。

——石佩蓉（高雄市立仁武高中音樂教師）

如小說中提到「是不是有一些人真正該死」，當社會秩序不絕然地公平正義、法令規範有限，似乎人心深處更渴望一種英雄想像。《暗影者》中的甯安，如同「蜘蛛人」、「蝙蝠俠」般，隱藏於常人的另一面是：以她獨特的能力悄悄地對抗黑暗勢力。

「自己正在做的事情，是否就在改變世界呢？」「她的行為並不是因為想要改變什麼，而是只想要讓自己的內心得到安寧而已。」《甯與安》亦或許正是現代每個人都想追求永恆安寧心靈的生命課題，只是每個人以自己不同的方式、不同的姿態，求得內在的平衡。

《暗影者》以台灣近年社會事件縮影貫串小說情節，「俠」、「義」、「寫實」的嘗試，結合超現實力量、時空挪移、宇宙核心價值命題……引發讀者不同面向的想像與哲思，讓奇幻故事更顯神秘有趣。

——童怡霖（高雄市立仁武高中國文教師）

「妳一定要鼓勵雨諄，繼續創作，我相信『她』一定能寫出獨特的風格。」和我一起擔任屏東大學「陳哲男校友文學獎」評審的學者，在文學獎的評審會議後，要我轉告雨諄。

有趣的是，這位評審以為雨諄是一位女生。

雨諄的確有一個夢幻的、適合作家形象的名字。可惜，本人是個堂堂正正的男子漢。

在這部作品中，雨諄寫的是一部關懷社會議題的作品，筆觸道道地地是個男子漢，這回應該不會再有人誤會了。

雨諄的創作風格多變，從好的方面來看，潛力無限；從另一個角度來說，沒有定性。

不過，這就是我所認識的雨諄！也是值得讀者期待與等待的新星作家。

——馬琇芬（實踐大學應用中文學系助理教授）

Contents

目次

1 在夜裡跑步尋求危險喔

晚上十一點對她來說是個適合跑步的時間。至少她最近是以這樣的身分出來的。一個跑步的弱女子。內衣的鋼絲圈襯起了合身的水藍色棉T，讓她不明顯的胸部寬挺了起來，短到不能再短的迷你短褲幾乎沒有遮掩住大腿，遠遠看見那雙修長的腿會以為是個身高一七〇的妙齡女子，性感非常。

她戴著一頂運動小帽，以固定自己亂飄亂飛的頭髮。小帽將額前的頭髮收齊，只要甯安頭稍微偏低，就看不見她的眼睛。更遑論由高處照探下來的監視攝影機。

她以幾乎不會喘的速度慢跑在巷弄之間，這一區的路已差不多熟絡了。每一間房子都有每一間房子的氣息，甯安可以嗅得出來。她不確定是不是自己的目光與嗅覺之間的轉換所致。

這個時間了，連建築物都睡著了吧，她想。只能從外表來揣測屋裡的人過著什麼樣的生活了，但甯安知道，那不過就是自己的揣測，這些想法像淨空她思緒的道路似的，她的思緒裡，也有一座必需要被安靜的夜深的小鎮。

跑步真不是個好主意。甯安發現自己就像隻靈活的羚羊，看起來就不像容易被追上的小兔子。

不，應該是自己多慮了，有什麼樣的獵物，就有什麼樣的狩獵者。

夜很深很深了，連家犬都不叫了。

她慢跑的速度，和快走差不了多少。大概是秋末，身上的衣服只有些微濕，風有點涼。她轉進巷子，該是休息的時候了，甯安停下腳步，調整呼吸的走，慢慢走。

後頭的人還跟著。

這條巷子還長的。

她不疾不徐的又走了一段路，被擋住了。甯安停下腳步，看著前方兩個不完全擋住巷弄的男子，顯然是針對自己來的。

那兩個人似笑非笑的，朝自己逼近。她感覺得出來，後面的人也是如此。

她身體很自然的因防衛而後退，卻忽然被一隻粗壯的手臂從後方給勒住了脖子。一剎那喘不過氣，還咳了兩聲。

但甯安很平靜，沒有任何一絲的害怕。

這一切很快就會結束了。

「放開我。」她用喉嚨被東西架住的氣絲聲說。

當前方兩個男子快速衝向前，想要徹底鎖住甯安，她明白了世上有些事情是絕對無可救藥的。

甯安很早就明白了。

不可饒恕。

以靜制動是不存在的，這僅用在靜態物比動態物要強上幾倍才得以成立。

三個大男人同時架住甯安，一後二前。她雙掌一翻，抓住那兩個人的手腕。他們因感受到一陣力道而吃驚。

但不會太久的。她的後腦勺朝後一撞，聽到了下顎骨碎裂的聲音。所有人都清楚聽到了。

後方的男子痛得倒在地上，一臉死爹喪娘的委屈樣，已沒有剛才的凶狠。一頭狼忽然變成了小羊似的。

被抓住雙臂的甯安，手一用力，那兩人的手腕骨就碎了。
夜很深，聽得見三條街以外那條狗還在吠叫。
三人的叫聲傳遍了整條巷弄裡，她將那兩人相互一撞，用力往外一推，暈撞了過去。
她回過身，瞪著那名從後方勒住自己的男子。
「饒……啊！」
男子話沒說完，甯安已經踢碎了他右側方的三根肋骨。
「接下來是……」甯安將痛撫著肋骨的男子的雙腿用力撐開。
「！」在男子不祥預感浮現之前，它已經發生了。
甯安的慢跑鞋用力踹了他的下陰一腳。
他忽然沒有了叫喊，發出一種動物自喉間瀕臨死亡的氣嚎聲。另外兩名男子背脊打了個冷顫，但他們想像的惡夢確實是真的。
只見甯安轉過身來，朝向自己走來。
「求求妳，饒命。」男子啜泣的夾緊自己的雙腿。
饒命？你們饒過別人嗎？
另一名下陰還沒遭受踢擊的男子，看到同伴的睪丸再次被暴力的踢擊而發不出叫聲之際，終於尿濕了褲子。
「換你了。」甯安不帶臉色的走向完全失去抵抗力的他。
巷弄裡又是一陣慘叫。

甯安像是沒發生過事情一樣，吹著口哨，輕鬆地離開了巷弄。該換雙鞋子了，甯安心想，濕了的鞋都髒了，噁心。

買鞋要錢，她想到似的，轉回暗巷。那名肋骨斷裂的男子因為看見她又折還過頭，已經分不清楚自己是裝暈還是暈嚇了過去。甯安扒了其中一個人的錢包，把裡面的千元鈔票全取了出來，再把空錢包隨手一扔，走了。

2 大河的生活（一）

轉角的彩券行，他站在一整面刮刮樂的玻璃窗前。大河並不是一個貪心的人，要知足喔，東西夠吃就可以了，食物不能夠浪費，他總是將母親的話牢記在心，即使她已經不在了。

他向店員指了指五百塊錢、招財貓圖款的刮刮樂：「嗯，26號那張。」

箔屑隨著他刮開的硬幣化成粉末，數字與金額由左到右漸漸出現。不會有誤的，就像站在籃框前，直接把球投進去一樣的準確。

在離開彩券行、過馬路要去7-11繳費之前，大河向店家領走了五千塊的刮刮樂中獎獎金。

3　昨夜的新聞

通常是從窗簾縫篩進來的陽光弄醒甯安的，她不是一個喜歡設鬧鐘的人。

一定要過了中午才會醒過來，她滾了水，將高麗菜剝個兩葉洗一洗丟下去，再將切好的杏鮑菇丟了，另外滾了麵，加過去以後，最後再下豬肉片，很簡單的解決了午餐。

新聞播了一則關於三名重傷男子送醫的新聞，他們宣稱在夜間被女子襲擊所傷。由於三人均為前科累累的通緝犯，警方不排除是他們三人先襲擊女性當事人。但監視攝影器只能拍到還沒進巷子前周圍畫面，見到一名在夜間慢跑的女子，和早在附近徘徊許久的那三個人。顯然女子比那三個人出現的時間點要早了許多。但沒有巷子裡的畫面，因為監視攝影器只拍攝重要的交通路口。

三名男子前後包夾一位進暗巷的女子，說是被襲擊，怎麼樣也說不過去。警方只好先將那三人移送法辦，以待釐清事實真相。

甯安並不在意他們後來會怎麼了，那不是她所關心的事。這樣的人究竟有多少存活在這個世界上？她沒辦法細算，但那是她關切的問題。要在當下直接施予犯罪者適當的懲罰，才最有效。雖然甯安不確定，所謂的適當是指什麼。那些無罪釋放或是判刑太輕的性犯罪者，就別讓自己給遇上了，否則要倒楣。

必需要像清道夫一樣，每天按時上街打掃才是。甯安覺得，那其實是為了掃除自己內心深處的一種潔癖，掃啊掃的，就像每天都必需要把家裡的地板擦乾淨一樣，即使擦了以後，過沒多久又會有灰塵了，但是擦拭本身就是它最大的意義。

沒有人會特別去感謝清道夫的，起個一大早，跑到家裡附近的街道上，慎重其事的對他說：「真的非常感謝您，是您讓這個世界變得更乾淨了。」不會有人這樣的，清道夫也不會因此而高興，「因為每個人都有自己該做的事喔。」甯安心想，就是了，每個人都有自己該做的事，不用特別被感謝，那是和生命共連結的東西。

洗完了餐具，她開始對著沙包練習拳擊。碰、碰、碰、碰。有規律的聲響像要穿透牆壁似的。對沙包來說，甯安的拳還是太重了，沙包如果能夠喊痛，每一擊它一定都會大叫。

甯安只是練練手感，要是認真起來，沙包動不動就破了。屋旁那塊鐵，甯安也曾練習打過，她每用力揮一拳，鐵塊就像撞擊到另一塊金屬似的，鏗鏗作響。

她的拳太堅硬了。

午後，她獨自揮著拳，屋內除了沙包悶悶作響，沒別的聲音。甯安有時候聽音樂，有時不聽。屋外不時有汽機車行駛而過的聲音。咚、咚、咚、咚。甯安感覺到自己的拳頭柔軟的撞在沙包上，她的指間感覺到一種碰到物體的舒暢，好像這些指頭天生下來就是要撞打物體的，就像齧齒類每天一定要磨長牙那樣。但如果被這拳頭打到，任誰都不會覺得舒服，只有痛的份，而且不只是痛。

她揮擊著拳，沒有任何多餘的心思，拳就是她的境界。

4　第一次發現自己的蠻力

那是個多麼平常的一天。高中三年級仍是個令人嚮往的日子。

考完學測的那個假日，一夥人到ＫＴＶ唱歌，幾乎全班一半的同學都到了。即使大夥都是不怎麼樣的歌聲，但仍是讓甯安覺得愉悅的氣氛。只記得班上的男女同學被攪和著要合唱情歌，或者是每個人都必需要點唱一首歌，那是最低底線。

只有平常沉靜不說話的小月是完全沒有唱的，她不是那種旁邊的人鬧兩下就會鬆動的性格。不唱歌，最符合她的性格，但甯安感覺得出來，小月很沉浸在班上現在的氛圍，和自己一樣

一群不太會唱歌的男生，開始亂玩飲料和食物，把能喝的東西混在一塊，遊戲輸了的人，要不就唱歌，要就喝掉這杯。或者是說出自己喜歡的人。有些人明明能唱、能喝，但偏偏就會佯裝不得已的要說出自己心儀的對象。

甯安也注意到有人要說不說，但眼神不時往自己這裡瞧，她真是一點興趣也沒有。並不是別人的問題，而是自己沒有想過這方面的事，她覺得應該是時機未到。

被點播唱出的流行歌一首首聽來令人陶醉，即使唱的人本身並不怎麼樣，甯安有預感的想，自己的愛情應該還不在這裡，並還不存在於現在這個時空裡。

她幾乎可以斷定。

過了下班的車潮，走出ＫＴＶ的玻璃大門，皮膚開始適應室外的溫熱。

明明是個大路口，但馬路上不見得太多行駛而過的車。甯安猜想是因為這間ＫＴＶ並不是連鎖式的，在這個市區就這一間，獨一無二的，沒有分店，因此價錢也特別便宜。如果仔細觀察，出入的人也較混雜些。

甯安由他人穿著推敲出人的氣味來。她發現出入這裡的學生較少，即便是有，看起來也不像是普通的高中生，而是刻意將制服外露、鈕扣解開的那一型。其他像如輕浮的少年、穩重一身黑的一群男子、或是花襯衫墨鏡的男性，至少今天就觀察到這些。

甯安就住在這附近，走路約十分鐘的路程，但是她也許少看到這樣穿著的人出入在自己的住宅社區附近，應該不是自己沒注意到，而是非常少見。隔一條街，生活街景大不相同吧，她猜。

聚會結束後，班長大河提議要再去續續攤，有部分的人附和，其他則走了走、散了散，大夥揮手告別，各自回家。甯安也決定回家，她總是選擇了一開始就決定的事，在她來之前，就已經把時間安排好了。她等等還想要花一小時慢跑。

「讓我送妳回去吧？」大河是年底出生，一滿十八歲就考過了機車駕照。

「沒關係，我就住在附近而已，就在後面。」甯安婉拒了大河的好意。

「真的沒有問題？」大河仍有所表示。

「絕對沒有問題。」甯安說。

「好吧，回去再報個平安。」大河揮揮手。

「嗯。」像個小學生那樣嗎。

大河目送甯安的離去，才和三五同學準備去附近的河堤，買些零食飲料散步聊天。可以順便交換夢想與理想，再彈唱一遍青春時光，再找個好位子坐。應該能夠喝喝啤酒的，大河喜歡和朋友這樣相處著。

甯安只是回家而已。大河心想。回家是一件很簡單的事情，因為家裡很近。

她沿著旁邊的小巷走，過兩個路口，就可以先看到家裡旁邊那公園。

甯安每天跑步都會繞經那個公園，那是個還算乾淨的公園，傍晚前出沒的人不少。她留意到有連續兩盞路燈壞了，這一區一下子寂靜不少，已有半夜三點那樣時空錯置的樣子。但現在才下午呢，等一下要去跑步。

一輛休旅車停駛在自己旁邊，甯安嚇了一跳。車廂的門被打開，走下了兩個男子。她對這兩個人有印象，是剛才在KTV附近包廂的，被自己分類在輕浮的少年裡。

自己應該要害怕。她不確定自己有沒有害怕的跡象。表現的鎮定一點吧，甯安對自己說。

「小美女，好巧喔，一個人？哥哥送妳回家好不好？」頭髮兩側推高的輕浮男說。

「仔細一看真的超正的耶！剛才唱歌早就哈到了。」有點肉肉的男子對輕浮男推了推。

負責開車的小混混也稱了兩聲笑，這些男子看起來都比自己大上幾歲。甯安在想是應該大喊，還是快速跑開，還是妥協？傻了，怎麼妥協。還是跑吧。

她一個轉身要跑，卻撞了個正著。後面竟然有人跟著。甯安感覺到自己被一股大力氣給箍住了，她用上了力要掙扎，卻推不開這個將自己懷摟的人。最令她吃驚的是自己是全中運捷式金牌國手，竟使不上力擺平這個小混混。

只好來硬的，甯安用膝蓋頂踢了懷抱男，他痛得幹了一聲。她正要跑開，手腕卻讓輕浮男給抓住了，肉男也趁勢抓了上去。幾個男子一前一後的就將甯安往休旅車上架去。她開始叫喊掙扎，有人用手摀住了她的嘴，她咬了那手，聽見輕浮男叫了出來，一巴掌打了過來。

「臭婊子，再吵小心我殺了妳。」甯安聽見他這樣說。

她靜了下來，狠狠瞪著他的臉瞧，一個安安分守己、單純過著自己日子的高三女生，被綁了還被人罵婊子，並揚言要對她的生命動手。眼淚不聽使喚的落了下來，她憋得委屈。

「都只是一些小螞蟻喔。」她覺得這是她在對自己說的話。忽然她感覺自己好像清澈了，像古遠一條流經一億年的河流。沒有東西能夠束縛自己，她得以不斷流澈。沒事的。大腦傳遞了這個訊息。一下就結束了。

今天沒有人會放過自己，所以自己必須做點什麼。甯安體內的聲音說。

正當那一夥人感到她不再抵抗時，甯安一個反手，抓住了輕浮男的手臂，另一手抓了肉男的手腕。兩人先吃了一驚，想要掙扎，被力吃住了。陳甯安用力一捏，只聽見兩人哇的叫了出來，骨頭歪了、碎了。她的頭朝後一撞，懷抱男的鼻梁歪裂啊一聲當場暈了過去。

這時直接下車逃嗎？不，司機也不該放過。陳甯安的手將司機的頭朝車窗一撞，玻璃應聲破碎。好簡單喔，她心裡竟起了這樣一個念頭，就像折斷小火柴棒一樣簡單。這一切都太簡單了。

她走下車要離開，回過神來，一個念頭，朝休旅車輕輕一踢，那輛車像積木翻身似的，滾了一個面，翻倒過去了。

甯安知道從今天起，她已經不是原來那個甯安了。

◎

「發生什麼事了？」大河不明所以的看到一輛倒在路旁的休旅車，輪子還在滾動，他撥起了電話，叫了救護車。

看了看四周，似乎沒有無辜的民眾受傷。
受傷的人看起來都不太無辜。
「甯安平安回家了。」大河篤定，不知道為什麼，他自己就是知道這件事情。
他放心的準備和同學去續攤，偷喝點酒。高三了，時間好快啊，要畢業了。

5 學校是良善的好地方

「昨天沒遇到什麼事吧？妳家附近的公園發生了騷動。」大河問。
「什麼騷動？」甯安說。
甯安已經到學校了，是隔天。什麼事也沒有的隔天。鐘聲敲響，同學起來走動聊天，黑板上書寫著倒數第二次指定考科的日期。大河走來向她問昨天的事。
昨天的事，甯安已經記不太清楚了。感覺過了好幾年時光，又重新回想那一年發生的事。但實際上那真的是昨天發生的嗎？甯安知道自己最後一腳把那輛休旅車踹翻飛。
沒有，並沒有什麼事情發生。甯安說。唱完歌回家後就休息了，也沒外出，覺得有點累。
「那就好。」大河想了想，像是在了結一樁案件：「沒事就好。」

「考完學力測驗，大家應該都會分發到好的地方吧。」

「什麼樣的好的地方？」

甯安想了想，「適合的地方，想去的地方。」

「妳也有那樣的地方嗎？」大河在她旁邊那靠窗的位子坐了下來，這個位子原本就是最後一排的空位。

「或許有吧。」

「是個什麼樣的地方。」

「一個能夠專心自己的地方。」甯安確定了用詞後，又說了一次，「專心自己。」

「我們好像都不能夠任意到達那些自己想去的地方。那些地方，必然需要付出同等的代價，但許多時候，我們支付不出來。」

「是啊，人生就是那樣的不容易。每個人，可能都無法真正選擇了自己要走的路，終其一生就這樣過了。」甯安的臉上沒有任何表情，陽光打在她的十八歲的側臉龐。

「這樣好像更應該把握當下。最即刻迫切的當下。」大河說。

「那是指什麼？」甯安半疑惑的問，臉上帶著笑。

「沒辦法說清楚啊。畢竟妳的是妳的，我的是我的，我們的那個當下，一定是個截然不同的東西，那個東西有著先天上的不同。形狀、氣味上都不同。」大河果斷的說。

「你沒有看過我的，怎麼能那麼篤定的說呢？也許它們就是一個樣貌，還住在一起也說不定。」

鐘聲響起，每個人都準備各自回到自己的位子，甯安覺得有什麼東西在制服底下鼓噪著，不可思議的靈動。會是和昨天發生的事情有關嗎？不會的，不是那樣的事。

一定是更當下，更當下的事。

6 這個世界也許有獵神的存在喔

她揮擊著拳，沒有任何多餘的心思，拳就是她的境界。

甯安一個勁，想起了不愉快的事，又不小心一拳把沙包給打爆了，沙子不斷從沙包裡漏出來。

甯安高中畢業後，雖然在體壇的成績不錯，不過國內對於體育選手的培育，無論是環境還是制度方面，都不算健全。成績尚可的她，聽從母親的建議，往上念了知名大學的商學院。因為是金牌國手，在全國學歷測驗時，成績會有加權，本來的成績加權上去後，讓甯安填上了頂尖大學。

她正在一間食品公司擔任行政企劃。由於國手經驗，也讓她成為這間公司每星期二中午和星期三晚上的瑜伽老師。混合一點防身術的瑜伽，以女性成員為主。甯安有時候懷疑該不該叫做瑜伽，有點舞蹈、有點武術，比較像是她自己摸索出來的一套路子。

也許自己有點武俠天分也說不定，甯安心想。

明天是星期日，也不用上班。她拿起一旁的礦泉水喝，從窗外望出去。她喜歡那樣的觀察，能讓自己的視野練習不要老待在室內。

而且也許街上會發生什麼事也說不定。

但甯安知道所謂的事件，並不那麼顯而易見的，必需要去引發它、啟動它。必需要走離開這個空間，才會發生的事。

今天是星期六，最適合去找尋那樣的事件了，甯安再清楚不過了，事件的起因，永遠都是人為的，她必需要揪出這些人為。

甯安聽到的最後一則新聞，是一位剛被無罪釋放的食品富商魏鷹聰，昨日已遭法醫鑑定，確認為因心肌梗塞所造成的死亡。警方不排除他殺嫌疑。採訪記者一邊歸納著近期因心肌梗塞導致死亡的名單，均為被判輕刑、並未受到法律制裁的富商、權貴。

魏鷹聰因公司旗下所產製的食品，摻入對人體有害的添加物而被起訴，特別是底下的支流製油業者，以低價棉籽油混充高級油販賣，牟取暴利。最令人髮指的是其中一些劣質油品還摻入了飼料油、餿水油。據說檢方闖入製造工廠時，有警員因看見其中一油品製造機器，所壓製的原料竟是一整大鍋的人類頭髮，其混和化學藥劑的氣味刺鼻難聞。那名警員發現當中竟有昨晚消夜香雞排的濃厚油味，兩者極度相似，當場反胃嘔吐，最後因身體不適送醫治療。

魏鷹聰無罪釋放時對媒體鏡頭表示自己一心向佛、與世無爭，隔日記者還到他隱居的小農田裡採訪他的田園生活。只見他一身農裝、帶個斗笠，勤奮的蹲在菜園拔草，並呼籲世人一耕耘一收穫，必須腳踏實地、好好做人。自己的所作所為是蒼天有眼、問心無愧。

魏鷹聰右手指一邊捏爆那隻正在吃自己青江菜的菜蟲，嘴念阿彌陀佛。

自己從來沒取過人性命，但她不確定自己是不取，還是還沒取。這兩者僅僅是一線之隔。

那麼湊巧的在近期內，那些被社會輿論判罵逃過律法制裁的人，都因心肌梗塞去世。誰幹的，大眾心知肚明。甯安抓了紅蘿蔔咬了一口，這個人和自己很類似，她這麼覺得，像在叢林裡嗅出彼此同物種的氣味，雖不一定是同伴，但一定不是敵人。就這樣默默保持距離吧，誰也不踏入誰的區域範圍，過著動物性的獨立生活。

但甯安也相當好奇他的手法，是某種連科學也鑑定不出的魔法嗎？

獵神，是大家給他的稱號。即使不知道他是男是女，更遑論外型樣貌，完全沒有任何憑據可以證明這個人的存在，什麼都沒留下的現場，已經無法被警方稱之為犯罪現場。那只是一個生命被大自然帶走的場所，沒有人得以干涉。至少人們是這麼認為的。儼然不是人為。

網友早在網路上成立了獵神粉絲專頁，用「GOD」字樣為他的代號。雖然不確定他本人喜不喜歡就是了。他一定是人，而且一定存在的吧，甯安堅信。唯一能夠被大眾（與警方）確定的是，獵神就是這個國家的居民，因為死於這樣手法的人都生活在這個國度。即使如此，在數十萬的粉絲當中，仍有將近兩成的成員是來自其他國家的註冊會員。

也有反對的聲音，但一開始畢竟是少數，沒人膽敢明目張膽的公開辱罵指責獵神這樣的行為。

有名嘴為了出風頭，在電視節目上批評獵神的種種罪刑，藐視法律、剝奪人權、造成大眾恐慌與強調社會報復行為云云。

「一個人最基本的，就是他生存的權利，即使這個人無惡不赦。活著，是上帝賜予所有生物最大的禮物。」王名嘴在節目最後下了重話，連在現場感受到強烈反對獵神氛圍的導播組，都以為王名嘴等一下要被獵神處決沒命了。

但一生平凡的王名嘴早已賭上性命，料定絕對不會遭到獵神下手，因為自己並不符合先前那些心肌梗塞人士的條件，他沒那麼大本事。並不是每個人都像魏鷹聰那麼有錢又無恥的吧。所以這一戰他是絕對要打響的，而且會一炮而紅。賭注是性命，但機率不高，值得一試。

「他這樣子不能夠稱作神，是魔！」在電視螢幕裡的王名嘴拍桌大罵，連主持人這次都沒隨他應和。

獵魔，竟成了獵神的另外一個響亮的稱號。

而這名嘴因為在節目對獵神大放厥詞、加以批判，卻仍平安活著，一時之間成了當紅名人，成了反對獵神存在的首要之聲。

像獵神這樣的人，是譁眾取寵型的嗎？甯安揣想著他是個怎麼樣的人。

關掉電視，她想該去跑步了。這次就只是很單純的跑步。

每天跑步是必須的，因為今晚的甯安和人有個遊戲。

和自己也不知道誰會上門的陌生人有個遊戲。

7 撿屍

PUB裡的昏暗仍不至於讓甯安感到不適。球狀鎂光燈閃爍著各色光線，照在隨著節拍舞動的男男女女身上，好像連光也有了自己的節奏。

甯安穿著相當樸素簡單，一件牛仔褲，一件稍緊的短袖上衣就夠了。胸部很挺，連自己也相當滿意。低下頭可以清楚看見隆起的胸部，沒問題。即使甯安一直不滿意自己胸部的形狀不是完美水滴型的。

一個人到PUB喝酒，很容易就讓人搭訕。有獨自來的，也有成群結黨來的，她都沒興趣。甯安搖搖頭，連笑也不給。她讓自己看起來像個心情不好、就是來喝喝酒的酒客。

甯安看見那女孩在舞池對著一位西裝男子跳貼身舞，不斷扭動腰部用下腹部輕輕頂撞西裝男子。雖然不是個好看的女孩，但很會善用自己的身體魅力當武器。西裝男子確實起反應勃起了。

來到這裡的人，多少對一夜情有些想像。

甯安想起了朋友曾經說過，來PUB找真愛是癡想，但能夠找到另外一種真愛。

她今天就是來讓別人以為，自己是會撿到愛的。

也喝了一個小時，到了半夜一點，甯安決定要離開這裡了。夠久了，她知道自己已經讓男人注意到了。她讓自己在裡頭晃了許久，喝了很多杯威士忌。並不是暢飲區的，而是付費自己點的，夠烈，也夠醉。

她晃蕩的走離開這裡，像在一艘遇到風浪的船上。事實上她清醒的很，也可以走得很健。甯安在觀察，在等。走得越慢，越容易多讓人注意：有個醉意的女人要離開了，長得俏，奶子看起來很大，那女人看起來要倒了。

即使深夜了，甯安仍覺得PUB外有點熱，無風。大概是威士忌的緣故吧。不知道是什麼體質，她從來就沒有真正感到醉意過。但自己原本也不是什麼正常人就是了。酒仍讓她自體發熱，胸罩內裡都感到微濕了。臉大概也紅了，她是會因酒臉紅的。以現在來說，這樣很好，看起來更無助。

街上有輛計程車在等著客人，司機看了甯安一眼。她蹲在街旁，坐了下來，頭低低的，一副要吐不吐的樣子。後來司機走過來問她要不要搭車，她說不用了謝謝，仍坐在原來的位子。

甯安低著頭，一雙皮鞋出現在視線裡。對方靠在她的耳邊輕聲問，需不需要幫忙，這個舉動讓兩個人看起來很親暱似的。甯安點點頭，讓他攙扶起身。他讓甯安滑進了那輛計程車，自己也坐了進來，摟著她。

金都旅館，謝謝，皮鞋男說。

甯安並沒有任何的抗拒，她用迷離的眼神（不得不得繼續假裝醉意）稍微留意計程車外的街景，忖度著等一下的景況。但願你是個好人，這是為你好，甯安心想。皮鞋男的手隔著牛仔褲撫摸著她的大腿，甯安靠在他的肩膀睡，沒有動靜。

就先這樣吧，再等一下。

並不是回自己的家，而是去旅館。她猜想這兩個策略各自擁有什麼不一樣的目的與企圖。是個注重隱私的人吧，而且不想招惹其他麻煩，甚至可以說謹慎。看起來絕對不會是個想要負責任的人，睡完結帳後把女人丟在旅館後，就沒有自己的事情了。但如果在家裡，也許還可以交個朋友，或是炮友。

兩種策略，各自不同的心思。

計程車開進旅館其中一房的車庫才讓他們倆下了車。

關下車庫的電動門，皮鞋男直接背著甯安走上樓梯，二樓就是浴室與客房了。他把甯安丟在床上，她仍一直在裝醉。聽到布料沙沙的聲音，應該正在脫掉衣服。

她感覺到皮鞋男的手撫摸著自己的肚腹，並解開牛仔褲鈕扣，拉下拉鍊，正要將礙事的牛仔褲拖拉下自己的腿。有人要把自己脫乾淨囉。

「做什麼呢？」甯安聲音沒有醉意。

筆挺的陽具吸引到甯安沒有畏懼的目光。她盯著一絲不掛、俯身在床邊的皮鞋男一臉驚愕的樣子，和自己原本預期的情節不同。這個醉女人應該睡躺到完事後的天亮才是，不應該清醒的。而且不用戴套，她連肚子怎麼被搞大的都不會知道。應該要是這樣發展才對，現在壞事了。

短髮的皮鞋男像一隻被逮著的青蛙，四四方方的，臉孔隨著情緒浮動而不知道該怎麼做表情才好。

忽然他撲了上來，壓住甯安的肩膀，眼中冒著惱羞成怒的火焰。反正這樣的女人晚上不回家跑出來喝酒，一定不是什麼金枝玉葉。皮鞋男豁出去了，赤裸的壓上她。甯安感覺到他的睪丸坐在自己的腹部，那是壓著女人下半身慣用的伎倆，這樣不容易被膝蓋踢到。

皮鞋男吸吻了上來，今晚是非要甯安不可了。

皮鞋男忽然感到有股力量讓自己飛了出去。

一轉眼，詫異的皮鞋男已經被甯安一個勁推跌出床外，撞倒在地上。他還沒意識到發生了什麼事，剛才簡直像坐在一隻狂暴的野牛被甩飛出去似的。

甯安褪下牛仔褲，這樣方便伸展手腳。穿著內褲的她，走近皮鞋男，二話不說一腳就踢向他的肋骨。只見對方用力乾咳，像得了什麼重病要咳出血似的。甯安並不同情，又補踢了一腳。

「對不起……」皮鞋男用全身的力氣，擠出極弱氣音不停重複道歉，尾音若死若泣，在地上縮抱著腹部，怕又受到狠列的踢擊。

甯安從他的西裝褲拿出皮夾，抽光裡面的鈔票。

就這樣結束了，真掃興。甯安心想，沒遇到更壞的，真可惜。

上星期在另一間PUB就被一群狐群狗黨的少年給撿了回去，全被她「小小的」教訓了。也是在快被脫乾淨時，起身把所有人全擺平。

先讓你們看兩眼是福氣，接著是代價。甯安的慣例。

第一個壓上自己的，被她的頭撞斷的鼻樑骨，其他三個少年同樣被她踢斷了肋骨。甯安最喜歡踢斷肋骨了，好像都會聽到一把長型火柴棒折斷的聲音。超好聽的，那成為她每個假日必要的嗜好，踢斷男人的肋骨。

她非常仁慈的，每一次都有給過對方機會，每一次。只要在自己清醒後，對方停下手來說，「抱歉我不知道妳是醒的，請原諒我，我願意徵詢妳的意願」之類的話，那麼甯安就絕對不會動手。畢竟也是自己主動成為釣餌的。

假若對方又帥又誠懇的話，她一定會讓事情更順利的進行下去的。

「到PUB要找到真愛，果然是一種癡想哪。」甯安心想。只可惜那樣的地方真不容易找到所謂另一種真愛。

她不知道已經教訓過多少想討便宜的人。女生都好好欺負喔，沒辦法正大光明在生活中找到長期伴侶，一夜情也挺不容易找上門的，只好找找那些醉死過去的女人。他們大概是這樣想的吧，甯安揣測。

撿都撿不到像甯安那麼標致的女人，所以上手的人總特別多。她知道那些地方讓女人昏迷的強暴藥丸交易量也相當大，所以她喝酒的杯子不會離手，點了新酒就不用舊的。喝下別人請的酒，那是尋死。

過了今晚，要來玩玩其他遊戲了。

甯安穿上牛仔褲，一句話也沒說的離開房門，留下那疼痛不已的赤裸的皮鞋男，只低聲在哀號著，像一隻被車子輾到腿的青蛙。

8 大河的生活（二）

他站在一條四線道的馬路，自己正位於一棟市立圖書館前。

禁止行人穿越。分隔島的牌子上畫著被斜線槓掉的小黑人。那只是一個道路標誌。左右兩端的十字路口都距離這裡很遠。那裡有斑馬線。

這從來就不是問題。

每天，大河都從這裡出發，並且直直穿過馬路。

閉著眼睛穿過馬路，沒有一次遲疑。

每天。

這從來就不是問題。

大河進入黑暗後，仍然可以聽見許多聲音。他不會選擇安靜的時候過馬路，汽機車開始綠燈通行後，他才會開始行走。

鳥叫聲。落葉聲。喇叭聲。媽媽牽著小孩要進圖書館的走路聲。城市的呼吸聲。

來往的車輛，不會注意到大河是閉著眼睛走過馬路的，那不是他們關心的問題。落葉聲。一個平凡普通的男子，穿過分隔島，會辨識左右來車（即使沒有轉頭），選了好的時機，一處一處的通過。人們不會注意到一個人是靠什麼方式穿越馬路的。

等到睜開眼睛的時候，大河已經到對面的二手書店了。

他一如往常的要去上班，過一個平凡的生活。

但沒有人知道，每天他盲眼穿過馬路的時候，連落葉都沒有沾到。

9 深夜裡遇見蘇格拉底

這個時間只有便利商店還有熱咖啡可以喝，即使已經快要到甯安假日準時睡覺的清晨四點鐘。

坐在玻璃窗旁，街景安靜的像一條沒有流動的河似的。甯安看見這是經過的第六輛貨車。這時間工作也挺辛苦的，但卻相當便捷，不會遇上塞車，穿越黑夜就像穿越時空那樣。

甯安覺得自己也喜歡在夜裡穿越的感覺，但自己還沒找到可以運輸的東西，她覺得一個人在人生結束前，一定要做一件關於送達的事情，被誰所託，把某某物從甲地運送到乙地那樣。

甯安的父親是一個巨型聯結車司機，母親很小的時候就離開家了，在她四歲左右的時候。大概是父親太沉默寡言的緣故吧，母親才會離開。這是甯安給自己找的答案，從父親的起居生活得知。

當然這個答案不一定是正解，甯安也沒有非要找到答案不可，母親的離去對於她已經無法起任何作用了。又或者事實上那個作用早已開始運作發酵，成為甯安之所以為甯安的一部分，無須追究。父親雖然不多話，但從來沒有讓甯安不滿意過，各方面都相當富足。

甯安識字以來，在學校發現每個同學都有母親，使她不得不表現的更成熟懂事。沒有母親的小甯安，要成為自己的母親照顧自己喔，她這樣對自己說。而且還有父親在啊。

父女倆一直相依為命，父親並不過於寵溺但使命必達的性格，讓甯安得以安穩的在童年裡成功健康的長大，沒有留下什麼缺憾。

如果有的話，心中那一點黑黑的影子，也是它本身就應該存在的。有光就有影，本來就是不變的道理。甯安也有自己的黑影子，但那是無害的，沒有雜質，沒有邪惡。

什麼都沒有，才叫做影子。

該回去睡了吧，甯安覺得有些睏倦。也許今晚就不該搭上那個皮鞋男，應該找三人以上的組合，比較具挑戰性。雖然今天也是第一次和獨行的人搭上，但也不是個好東西。甯安打開杯蓋，將咖啡倒了乾淨，最後一口。

下次應該一點過後再進場，也許會有意想不到的事發生喔。就像有扇魔法門，一定要是半夜三點鐘才會打開那樣。

正要離開的時候，甯安注意到原本空無一物的桌面上，多了一份牛皮紙袋。有人趁空放著的，不知道是誰。曾是運動員的她感官要比其他人敏銳，不可能有誰接近自己卻沒被發現的，這不可能。

牛皮紙袋顯然是要給自己的。甯安打開紙袋，有好幾大疊的鈔票和一張紙。那張紙一看，是信。

「有件事想請您幫忙，想當面與您一談。我知道您有著世上少有的才能，我必須與您見一見。這件事情和您正在做的，基本上是同樣的事，只是這個目標是由我們一起來決定的。對您的事，沒有任何人知道，只有我，您可以放心。紙袋裡的錢，是要給您的，相當微不足道，事成後我會付的是這個的一百倍。錢的事對我們都不是太重要，您不喜歡也可以丟了，沒有任何沒問題。如果您不嫌棄我這個老婆子的話，明天下午兩點半，到這個地址來，我會等候著。」

沒有署名，是一封親筆信，每個字獨立看來都非常有藝術感，卻相當清楚，讓人著迷。對方覺得自己一定會跑這一趟不可似的。

的確如此，最少要把錢還回去。

甯安將信塞入牛皮紙袋，並沒有注意到剛才有誰進了便利超商來，連叮咚的聲響都不記得。不可能，大概是自己忽略了吧。走出超商，想想該先睡一下了。

沒有什麼是值得自己顧忌或害怕的喔，甯安心想。

10　甯安的小小世界1

「還有像樣的地方可去嗎？」

「還要再找找，明天，後天，或是往後更遠的日子。」

「必需要一個人前往了，非如此不可。有些路僅僅適合一個人通過，危險而又狹窄，密林不斷在踏出去的路上延伸，腳踩上了濕泥土而有了鞋印。不起眼的雜草很多。必須赤手空拳穿過這條路才行。並沒有誰能夠，只有我。」

「沒有任何夥伴，就一個人。因為每個人都只有每個人的自己，即使真有夥伴，但前往的時候，仍只有自己一個人通過。每個人都有每個人自己的去處。」

「明天，是昨天的後天。習慣站在三個不同的時間點來思考過去、現在與未來。不確定哪一個時間點上，會去過什麼樣的地方。」

「必需要獨自前往心底要找的地方了。那也是沒辦法的事，那是我的選擇。」

「那是我們的選擇。」

11　紫婆婆和toto

按照地址，甯安來到一棟大廈前。是一棟莫約二十樓高、四幢合在一區的大廈住宅區。入口在一條三線道馬路後面的巷子裡。

她走進大廈，向警衛表明身分與來意。警衛點點頭，像是已經被交代過了一樣。他領著甯安穿過人造小瀑布，用磁石刷開電子門，進入電梯，幫她感應電梯、按下要去的樓層後就離開了。

14樓。甯安按了電鈴，有人來開了門，是一位莫約三十歲上下的女性。很久以後甯安才知道對方實際年齡要長了十多歲。

「您好，叫我toto就好了。」

「toto。」甯安照常念了一遍，第二個字讀作輕聲。像是一個語助詞的發音，toto。

屋裡比想像中還要寬大，她估計大概有百坪以上的空間。廚房是獨立隔間，六間臥室客房和一間像是會議室的空間。中央的客廳座位擺設面向窗台，並沒有電視。窗台種植了大約二十來盆的植物，是個很大的陽台。這些是甯安離開前，toto帶她參觀的，現在要先談正事。

「初次見面，妳好。」一位身穿紫色長袖棉衣的婦人從房裡走了出來。

甯安直覺猜想婦人從前應該是練過武術之類的高手。並不是從肌肉得知，而是身上發出的某種氣，自己也說不上來。看起來大約40多歲。

「就叫我紫婆婆吧，熟人私下都這麼稱呼我。妳大概猜了我的年齡吧？我可是要六十歲了呵。」婦人說話的聲音仍然相當清脆，每個字也都像小鋼珠一顆顆磨得光滑有力，每一顆的大小重量都一樣。

陽台上確實都是紫色系列的盆栽花卉，不過室內的裝飾擺設就不全然是紫色的。只有植物是紫色系的。

甯安和紫婆婆在客廳坐定後，toto不知何時已經備好茶點，她幫兩位倒了茶，又俐落的走回廚房端出烤餅乾。甯安可以感覺到toto也是個練家子，也許扭斷過不少人的腿骨也說不定。

茶香在屋內蔓延，冷氣溫度適中。

「我想就開門見山的說吧，我需要妳的幫忙。這個世上有一些人需要被送走，送到一個沒有人的地方。一個去了就不會再回來的地方。」紫婆婆的語氣透露出說不上來的斷然，「我們將要做的事情，需要一位長期合作的夥伴。當然，在正式做之前，彼此需要培養信任，妳對我的，還有我對妳的。還有讓妳所擁有的，那也許被稱之為能力或是技術的東西，更加熟練。甚至成為妳的境界。」

境界，嗯。甯安輕輕握了握手，感覺握力在掌心被產生的剎那，也許那裡面有什麼東西正被自己握住了。

紫婆婆拿了一塊烤餅乾吃，搭配了一口花茶。說完話的她，彷彿兩件不同的事件正在發生，下午茶與刑案。

「您知道關於我的許多事情？」甯安想像著如果自己是一件祕密，那麼當有一個人知道自己的祕密，就表示不會只有一個人知道。

「一些因緣際會，妳在念大學的時候，我就知道妳了。那時候心想，這個女孩以後一定會對自己有很大的幫助。於是盡可能不著痕跡的默默幫助妳。」紫婆婆端坐的樣子完全沒有老態。

好比說，領了傑出畢業生獎後，收到了一筆相當優渥的款項。甯安敏銳的想起三年前的一段沒有對人提起的軼事，同樣是一張支票和一封信：「妳是個相當優秀的人才，這是妳應得的。妳做得很好。」

妳做得很好。聽起來有別種意涵，當時甯安感覺對方在一暗處，悄悄的，知道了自己所有的事情那樣。她現在回想起來，如果是當時的話，那麼可能就和那件事情有點關係了。

「妳說的沒錯，我確實是因為那件事情，在人生平行的線端上，與妳的那端有了接觸。」紫婆婆在聽完甯安的詢問後，回答了她。

下午的天色，還很亮很亮的。

12 關於那件事情啊

甯安剛進入商學院，那是一個正要涼爽的九月。一個高中生轉變成大學生的微妙，就像毛毛蟲蛻變成一隻蛹，再到一隻蝴蝶。她覺得自己的乳房好像又大一些了，但也可能是自己想多了也說不定。甯安期望自己有堅挺的乳房，那樣子看起來更美。現在這樣雖然也不差，但總覺得少了一點什麼。

可惜了，差一點就更完美了，甯安心想。

剛考到機車駕照的甯安，停好了自己的小摩托車，往教學大樓走去。雖然只是平凡無奇的校園，但每一個踏出去的步子，都是由自己決定它的方向，具有踏實感。風吹過來，有綠樹和草皮的味道。即使學校地處市郊，但一出校門就是站牌，每十五分鐘會有一班公車抵達校門。

是個想做什麼就做什麼的年紀，是個每天都能夠作夢的年紀，是個自由自在、無拘無束的年紀。甯安覺得自己很想要一絲不掛的站在校園的正中央，向宇宙宣示即使自己是個渺小的存在，也能夠這樣義無反顧的呼吸著。沒有誰可以阻止自己。她想像自己展開雙臂，讓風吹拂過全身。乾燥舒爽的皮膚最喜歡秋天，陰毛也讓風吹得乾爽自然。

課餘之時，甯安會接一點平面廣告和會場展覽的拍攝案，充當一個業餘模特兒。坐在教室裡，她感覺自己是個正在乘風的年紀；拍攝的時候，證明自己正在放肆青春、青春放肆。

自己的第一次性愛，給了一個仍在就讀研究所、一邊學習攝影的，同為商學院的學長。在一起並不是一段太長的關係，短短幾個月，但並沒有任何不好的事情發生，愉快的結束了。幾個少數時刻，她會和喜歡的男性發生關係，但總覺得彼此都正在過著屬於自己的人生。

甯安還不想停下來，她是屬於她自己的。

這些經驗，讓她更加澈底的了解男性究竟是個什麼樣的生物，以至於自己為什麼先前會遇到那些事，還無意得到了沒有辦法解釋的力量。甯安覺得自己應該能夠用這份力量來做點什麼不一樣的事情。別人無法但自己可以做到的事情。當然這和自己後來放棄繼續成為游泳國手無關。

模特兒對她而言是個豐富的經驗，這個圈子裡的女生都是美麗的存在，每一個都是青春的鐵證。過了明天可能就沒有了。攝影師的雙眼都是狼與狐狸。有些長得漂亮又缺乏其他專長的少女，特別容易和業主有些關係。就甯安的觀察，有時那些甚至是她們自信的來源，生存則是她們的理由憑藉。當然，她們有資格那麼做。

「每個人都有選擇自己過活的方式與主權。」甯安也是這麼活下去的，她不喜歡被干涉。

13 星探與攝影師

捷運站走出來，就看見一家手機大廠正在舉辦特賣會，台上主持的模特兒恰好見過幾次面。這次甯安只是出來逛街，想要找一只格紋的包。走在城市最大的鬧區，什麼包都找的到，就怕想要買的東西，太多太多了。甯安身上沒有那麼多錢。

一位男子忽然向甯安招呼，堆著笑，西裝筆挺、戴著細框眼鏡走上前來。一下子還以為對方是要推銷產品還是拉客人什麼的，她下意識揮揮手拒絕。

「小姐，妳很漂亮，我是星探，叫阿義，想和妳聊聊。」細框眼鏡的男子露出善意的笑，遞上名片。

「有個試鏡機會，不知道妳願不願意？」

「試鏡？」

「衣模試鏡，可以到公司來詳談喔！」阿義朗健的說。

彼此自我介紹後，甯安收下名片，和阿義約了時間和拍攝地。地點就在攝影公司。阿義臨走前，用沉穩的力氣握了握她的手。並不會痛，單純感覺有力的握法，相當商業與幹練的樣子。

「很期待再見到妳喔，甯安。」阿義說完以後，就走進了人潮，也許繼續發掘明星吧。

甯安看了看上面公司的地址，就在這個捷運站附近而已。她站在人來人往的商圈，忽然忘了自己到底是要來買什麼東西的。好像沒有買也沒有關係的樣子。望過去，在哪一棟建築裡呢？

忽然有一種小時候走失掉的感覺。直到甯安看見一個女孩子的格紋包包，她又想起來了。

甯安走入人群，也變成了幾百人裡的其中一個。到處都是人，無論從什麼方向看過去，都是。

當天，甯安從狹窄的側門樓梯間走了上去。一大清早商圈並沒有什麼人，因為是平日，現在大部分的人都正準備要去上班。大學生的甯安，有的是充分的彈性時間。

她一進門，手臂上有刺青、正在架裝儀器和濾幕的攝影師，和剛進門的甯安打了招呼。她想像著這個攝影師在重訓時，對著鏡子端詳自己那強壯肌肉的自豪神情。甯安看的可多了。

「來，請進，隨意坐就可以了。」阿義一身輕便，倒了一杯水給甯安，自己就在沙發上坐了下來，「要試拍的衣服，都放在那個房間了，準備好，隨時都可以換拍。」

阿義一臉期待的愉悅表情，看起來似乎很喜歡這個攝影工作的樣子。她環顧四周，是個極普通、用套房租改的工作室。桌底下擺滿了瓶瓶罐罐壓扁的空啤酒罐。牆上掛了幾幅畫，還有一張全裸女模背對鏡頭拋媚眼的性感照，吸引著甯安。

她走進房間，看見床上要試拍的衣物都是泳裝。和自己想的不一樣。阿義也進到了房間。她對阿義說自己以為只是拍一般衣模的照片，並不是泳裝照。

「拍什麼並不是太重要的事情喔，重要的是妳有沒有想要拍的心。」阿義仍是那一貫的笑，甯安覺得他的笑可能藏了什麼東西，現在才被自己看見。

她仍表示自己今天沒有拍照的意願。

阿義一臉「這樣子做太不上道了喔，妳真的懂什麼是潛規則嗎」的眼神看著她。甯安仍不為所動的看了回去。沒有意願要拍，沒有就是沒有喔，不會再改變什麼了。

接著又走進一個也堆著笑的陌生男子。甯安還聽見那不知道是誰，去將大門給鎖上了的聲音。刺青攝影師進來後，則像沒事似的，一直在架弄攝影器材。

「既然這樣，那我就換個兩套，拍一些照片吧。請你們先出去。」甯安沒有意思想要作對，事情不用鬧大的。她並不是妥協，沒有害怕。

阿義和陌生男子沒有動靜的杵在那裡，攝影師像是準備好了，將儀器對準甯安身上，準備拍攝。

「聽話的話，沒有人會受傷喔。我們公司很大，一定可以把妳給捧紅的，小甯安。妳只要乖乖照做就是了，懂我說的話吧？如果有任何不懂的地方，我們都可以教妳喔。」阿義說完以後，大家都笑了，只有甯安沒有。

她並不在意那麼多。對了那個長頭髮的陌生男子，好像是合作過一次的不知名男模。甯安只是忽然認出來了。那長髮男站在最後的位子盯著自己，像在看一部播放中的影片那樣，有點事不關己。

「如果不想受傷的話，還是讓我離開吧，這樣對誰都好。」甯安說這些話的時候，沒有任何的遲疑。每一句子說出來的時候，都像一定會讓它發生一樣的有力度。

大家又笑了。

這樣僵持下去也不是辦法。阿義上前要將她安坐在床緣，他撫著甯安的腰，想請她坐下。

啪。阿義的細框眼鏡飛了出去，摔撞在地上。是耳光。

被打的阿義一下怒意高漲，他高舉右手，要回她一巴掌，卻被甯安輕而易舉的抓住了手腕，扭得阿義跪靠在地上唉唉叫。

攝影師和長髮男見不對狀，也一同上前來要制服甯安。

但接下來的事情，甯安已經記不清楚了。怒意抹滅了她當下的理性與記憶。多年後，她只記得自己最後離開那裡的時候，身上一點破損也沒有。還有在那之後發生的事。

事後甯安得知阿義的確是個小有名氣的經紀人，但這件事情卻沒有被傳出去。

甯安愧疚的是，那天她出拳打在攝影師的身上，拳頭像是子彈射到雞蛋的感覺，她感受到對方操練多年的肌肉仍像紙片般被穿透，好像擊中了水球，射破後洩出大量的液體。那一拳打在他胸口附近的位子。

根據圈內小道消息傳出，攝影師沒過多久就出院了，健健康康的，完全恢復了。但卻在一星期後離奇死亡，沒有找到任何原因，沒有外傷，也許也沒有疼痛的死去。

就這樣死了，報紙也完全沒有刊登，不是謀殺，不是案件，更談不上暴力鬥毆。只是一個人，大病初癒後，後來不知道為什麼死了，一點新聞價值也沒有。

甯安在想會不會是自己把他打死了。雖說是活該，但應該罪不至死。當然假設他們已經這樣得手過許多無辜女孩，好像就可以扯平。但那並不是自己應該去算的帳，那是別人的帳。

這件事情，給了甯安日後一些啟發。就像決定航行的海路上，看見北極星而有了方向的船，慢慢駛出港灣，人生正朝著遠洋的邊際航駛，要找到一處無人知曉的盡頭。只有自己知道去處，還有要找的東西是什麼。

但絕對不要再失手殺人了，那是決然不可犯的錯。甯安下定決心。

14 重新對話

「因為原本要處決之人，已經先被處決了，也讓我發覺到妳的存在。」紫婆婆說。

toto沏好了花茶，斟滿三個杯子，還烤了一些新的小餅乾。甯安咬了一口，這次是香草口味的。將桌面稍微收拾後，toto進入自己的房間，甯安看見房間牆上掛了一把太極劍，不知為什麼的讓她聯想到《推手》裡身懷絕技的老翁，一使上力就連十個人也沒辦法移動他一分一毫。是導演李安拍片的前三部作品之一。

這棟建築物彷彿被莫札特的音樂注入了全然不同的生命。不管在哪個房間，應該都能夠聽到莫札特。甯安完全不懂古典樂，所以並不知道這是莫札特最後未完成的《安魂曲》。暫停談話的紫婆婆和甯安，充分得到了放鬆，她們的坐姿也由端坐改為較輕鬆的姿態。

談話讓她們彼此更進一步認識了彼此，並不是談了什麼內容，而是從言行談吐中，甯安感覺紫婆婆應該不會是壞人。或者是說，紫婆婆要做的事情，也許並不是壞事。

「那些人後來在業界似乎銷聲匿跡了，我也沒有特別打聽，和您有關是嗎。」甯安說這句話並不是個問句。她想像後來可能會發生的事，除了那一則和自己密切關聯的死亡之外，其他人或多或少應該都得到了應有的教訓。或者是更多的教訓。

「被某一種方式給處分了。」甯安想起紫婆婆說的話。

「大概是吧。」紫婆婆說了許多話以後，每個字句的氣仍絲毫不減，讓甯安感到敬佩。「想請妳來做我們這邊已經在做的事情。」

我們這邊。甯安揣摩這個句子。說：「妳們所做的事情，難道沒有像從前那樣順利的進行下去嗎？」

「我找了幾個適當的人來做這些事，因為不能夠太張揚，所以幾乎是不留痕跡的進行下去。需要極高超的手段，與適合的性格，因此在人選上相當嚴苛而慎重，不容易找到合適的人。」紫婆婆搖搖頭，像是想到哪一個離開的人似的，停留在自己的想像好一會。「當然，也有後來不願意繼續做下去的。無論如何都沒辦法了。我們也尊重對方的意願，讓她離開，希望對方能夠過著更好的生活。這邊所支付的報酬相當優渥，離開的人不只是衣食無虞，也都過著相當水準的生活。這是我應該且必須做到的，因為我能做到的，僅僅是錢這一小部分。」

紫婆婆盯著甯安說完，「妳也大概知道我想要拜託妳做的事大概是什麼模樣了。」

知道。甯安說。她沾了一口花茶，擺放回杯盤，吐氣變長了，「對象都是這一類的人嗎？」

「是的，這一類的人。」紫婆婆用很重的語氣強調。

「在妳們的做法當中，有人仍然活著的嗎？」

「他們都相當平穩的死去。沒有留下任何證據，都是間接性的死去。我們的做法非常和平，他們幾乎沒有受到任何肉體上的折磨與摧殘。相較於他們對於女性所做的事情，簡直意外仁慈的多。」紫婆婆心平氣和的說，像是在和孫子說一則童話故事。

死去。甯安沉靜了許久。她走入自己童年至今的時光，每一個時期所讀到的書、上過的課、遇到的人、聽到的話，凡是和倫理與道德有關的事，自己都處在一個極有彈性的地方，像一條永遠不會鬆弛的橡皮筋。只要有彈性，才會有最良善的東西存在，這是甯安所認為的鐵則。世間一切的爭鬥、戰事都和極端、極權有關。種族被壓迫、性別遭到歧視、階級鬥爭等等，都是一個群族裡，已經徹底缺乏了富有彈性的人存在，才會發生災難性的重大事件。傷害。死亡。都是極端的事件。

只有神才能夠決定一個人離開世界的時間吧，她猜想。要評判一個人擁有多少罪狀，並不是一件太容易的事情，必需要經過多少審慎才能做到。就是你了，必須死，的這樣斷案。甯安在想，可能和女性靈魂的存在有關，如果是男性，也許可以理性的決定一個人的生死吧，但女性無法澈底做到這一點。

「我會讓妳有時間慎重考慮，不用擔心，再回去想想。姑且先不談論這個，我想先告訴妳另外一件事情，是關於妳身上的力量。妳擁有很特殊的力勁，有一股氣在妳的體內竄動，這是妳的優勢。我所要教妳的是更深一層次的東西。但在此之前，我也覺得妳有必要知道。」紫婆婆停頓後，毫無保留的說：「想知道那個強壯的攝影師是怎麼死的吧？」

甯安的呼吸緊縮了，幾乎是小心翼翼的吐氣。

「老實說，我也明白妳的震撼，甚至是愧疚。那是有良知的人才會感受到的東西。我和妳做過同樣的事情，也因此澈底失魂落魄了一陣子，一直在想，人的存在到底是憑藉著什麼？我有沒有罪？很多情緒問題不斷湧上來，澈底哭了好幾回，且沒辦法入睡。尋求了心理師和精神科醫師的幫助，花了好長一段時間才終於得以釋懷。但我想這因人而異、因事而異。」

紫婆婆帶領著甯安進入她的書房，牆上掛著一張人體筋絡圖。

「那個攝影師我注意他很久了，透過一些資訊，許多女案主都遭到他的誘拐，有兩個還因此懷了孕。她們都非自願的和他性交了。這樣的人，能夠一直得以靠著自己的本領生存下去，半拐半騙的佔有女人的肉體，必須有人來制裁他。而妳只是剛好順手做了一件，我們都覺得是好的事情。心底會否認，但仔細聽自己內心深處的聲音，也會認為這樣的敗類是必須受到制裁的。」紫婆婆的言語中發出了一種說不上來的熱能，即使她的口吻平淡，但甯安聽得出來那其中有像是一只執法正義的天秤，堅信不移的一直被紫婆婆使用著。

「但我們這個社會受到的教育，特別是讓女人，有了原諒饒恕之心。」紫婆婆又說。

甯安靜靜聽著，沒有說話。

「那次妳因用上了力，擊打中對方的食竇穴，就是這個位子。」紫婆婆指著人體筋絡圖，心臟左方間隔一個拳頭位置的地方：「人體有許多穴道，這些穴道像是一些門關，有些重要，有些就只是門。都能夠讓人的氣流暢在體內，使我們像呼吸一樣的正常運作。氣流動的路徑通道，能將人帶領到不同的地方。」

「不同的地方。」甯安想起父親是一個會把貨物從A送到B的聯結車司機，只在浩大的石化廠園裡駕駛著，限速30公里。

「食竇穴又稱為命關穴，古書並沒有記載這個穴道因受到重擊而致死的案例，這和它的特殊質性有關。我必需要慎重的告訴妳，事實上，就是妳送走那個攝影師的。妳的錐力在一剎那刺中食竇穴後，體內那扇氣門大開，讓身體存留的風全都透流出去，一點也不剩。人的肉體表面上會好好的，但早在擊中的那一剎那，他已經被宣告死亡，每天只在等待那個時刻的來到。」紫婆婆的語氣連冷淡都不存在的說。「我這邊需要妳的幫忙，這個世界極度需要像妳這樣的人，但妳必需要承擔的心神壓力，就是我現在要告訴妳的，妳必須得幫那群惡徒，打開那扇通往世界盡頭的門。」

通往世界盡頭的門。甯安得到了這一則鐵證訊息。是我親手殺了他。

甯安想起高中那年，自己差點被侵犯而有了不一樣的能力，而自己一直用了這份力來拯救這個世界，給一些人教訓，僅僅如此。教訓和處刑，有著天壤之別。這也是她一直堅信的理念，只給對方肉體上的折磨，而活著是另外一種機會。不管再怎麼清掃，每天早上起床，滿街都還是會有落葉和垃圾喔，那是世上本來就會有的現象，掃也掃不完的。自己打死了一個惡徒，結案。那個攝影師就這樣沒了，甯安想起他的刺青和強壯的肌肉，再也不需要鍛鍊了。

但聽完紫婆婆所說的以後，確實稍微鬆了一口氣。可以告訴自己，催眠自己，已經預防了還沒發生的，那些。關於他的小人物生存史，寫在某個正要開頭、每天以有沒有搞上女孩為樂的篇章，被截止連載了。自己就是主編。永不錄取這樣的故事，該停止了喔。甯安把攝影師澈底從世界上關掉了，她懂。

但為什麼還是會覺得悲傷呢？

紫婆婆留她自己在房裡，離開時帶上了門。人體經絡圖消失在門關上的一刹那，聽到了甯安亟欲忍住卻放聲大哭的聲音。

15 大河的生活（三）

「速度，在這個世界上，是衡量物體與現象最重要的依據。還有什麼狀態能夠比速度更加重要的嗎？時間、空間，都讓速度給測量清楚了。在地球上從A到B，比方從臺灣到美國吧，如果用光速測量，那麼距離就幾乎不存在了。像用放大鏡在找細胞一樣。愛因斯坦提出理論探討，當物體超越光速的時候，時光就可以倒流，或者是前進。物體可以任意穿越時空。在宇宙論裡，能夠有足以和速度相衡量的力量存在嗎？並不可能。因為所有能夠相抗衡的力量，都是以速度作為依據的，沒有了速度，任何物體都處在一個絕對靜止的狀態。」

在圖書館的大河闔上書本，手裡抱著一大疊關於科學的書，他走出書架，往電梯的方向走去。裡頭有三個人。看起來像大一新生的女同學按住了電梯，等他。

大河正準備走進去，前腳已經邁進去電梯了。想到什麼似的，又縮了回來。對女學生回以抱歉的笑，點了點頭，我不搭電梯了，謝謝。女學生放開壓住電梯鈕的食指，門緩緩關了起來。大河往旁邊的樓梯走去。

電燈忽然暗了下來，像打雷閃電一樣的迅速。黑暗像閃電來的一樣快。幾個原本埋在書裡的人環顧圖書館四周，聽到筆掉到地上的聲音。也有來圖書館睡覺的人仍然坐在沙發上睡覺。

緊急供應電來了。一切恢復正常。

但是電梯故障了。

16　甯安的小小世界2

「活著一直都是一件很有意義的事情，不管以什麼樣的方式活著。每個人都有每個人的活法，我們無權干涉。清潔工有清潔工的活法，妓女有妓女的，律師、教授、計程車司機、屠夫。每個人，自願或非自願的，都走上了屬於自己的一條路，無論喜不喜歡。

「很公平喔，每個人都有二十四個小時，這真的是一件看起來很公平的事，只是大部分的人，要用時間來換取自己的生活。非常卑微的。但基本上大家都很努力很努力的，想要讓自己變得更好，再讓這個社會、這個世界變得更好。無庸置疑的，絕大部分的人都是很好的人。我們以不干涉他人為原則的，讓自己好好栓在一組鬧鐘裡，成為時間的跡軌，好讓這個世界運轉下去。

「但就是有一些壞掉的零件，使得我們不得不的，採取必須的手段，來移除它們。當壞掉的零件開始干涉整體運作時，這是唯一且必要的辦法，甚至是手段。為了讓鬧鐘維持二十四小時的正常運作，只能不得已的這麼做了喔，一切都是為了這個世界好。畢竟要是世界少了規律、少了圓周一般的事物，一定會大亂的。

「這麼做的一切，都是為了時間。我要讓這個世界的時間，走在正軌上。我必須這麼做，身為一個優秀的時間管理者，一定要讓時間走在正軌上，一定。」

17 toto出去旅行了

「我必需要知道，自己要做的事情的嚴重性。我是指對方的部分。」甯安說。

這已經是下一次和紫婆婆的會面，紫婆婆為自己倒了花茶，也幫甯安斟了。toto旅遊去了。要藉由和紫婆婆這邊的對話與相處，來更了解即將要做的事情。隨時都可以抽身離開，紫婆婆說的。而且似乎對甯安相當感到放心，畢竟已經觀察與注意很久了，從未被察覺。

陽台的盆栽花卉就像上次見到的那樣紫亮璀璨。甯安知道下一次，或下下一次再看到這些花，也都會這麼漂亮。時間被植物給保留下來了一樣。

「當然，主要由我和執行者，來一起評判是不是應當這麼做，不留痕跡的做，每次都經過審慎的查核和檢視，從不草率。」紫婆婆已有細紋的手，從桌上那盒精緻的餅乾盒拿了一塊：「如果妳答應了，以後就會是執行者之一，我們就會一起做決定。」

真想一輩子都過著安靜無虞的生活，但接下任務後還可能嗎？就像走上沒有安全措施的高空鋼索，唯一擁有的只有登峰造極的技術。即使強風吹過來，仍然能夠保持絕對的平衡。

復仇，是不用把自己給考慮進去的。甯安忽然想到這一句不知道在哪裡看到的話。但她似乎沒有特定想要復仇的對象。一直以來自己在做的，也許是幫別人復仇也說不定。那是別的女孩討不回來的公道，但自己可以。

甯安從紫婆婆那裡接過一疊資料，上面顯示為一位商業銀行的副總經理，附有一張莫約40歲上下的照片，標準商業笑容，不胖。

「這個人已經不在了。大概是十多年前的事，那時候網路流傳了幾部和他有關的自拍性愛影片。這種東西很多，永不匱乏。都只有女性露臉的赤裸性交影片，表情被一覽無遺的捕捉了。有些是自願被拍的，有些是昏迷時拍的。被公開的女性，大部分都已過著隱姓埋名的生活。

「其中有個女大學生，幾年後被發現死於自宅，是自殺，但沒有被確定動機。因為她在那件事情以後，染上了藥物問題。原本是個相當有潛力的模特兒，但後來什麼都沒了，躲藏了一陣子，最後死了。當然這已經足夠讓我們這邊來評斷是否要作為下手的目標了。」

甯安安靜的聽著，就像錄音機一樣沒有遺漏的聽著。

紫婆婆接著說：「直到一位15歲的受害者出現，是他的鄰居。對方在誘姦後給了她很多的錢，並要脅說，要是曝光了，我會緊咬著是妳心甘情願，而且收了我很多的錢喔，妳的家人應該也很需要錢對吧，我都知道喔，因為我在銀行工作，我什麼都知道。

「這件事情後來確實也因為錢而壓了下來，但女孩的母親，也許是愧疚又憂鬱太深，病沒多久就去世了。那個男人應該要受到處分！女孩的這個念頭，讓他無聲無息的猝死了，被斷定是過勞。那時挖掘到了toto的才能。」

紫婆婆花了很多的時間，慢慢的，把這件事情說完。

「是因為那女孩的緣故。」甯安說。

「是因為神的緣故。」紫婆婆說，「從那個時候，toto就跟著我了。」

那女孩就是toto。時間在彼此中靜默。而toto出去旅行了。

「有些人，身上就存有著不可饒恕的過錯，那並不是法律可以約束或制裁的。很多事情都是一樣的。」

甯安表示認同。

「妳仍然過著日常一般的生活，像這樣的事情，我們並不會常做。也許是寬恕還是神的天性。不過有一些運氣較差的，就會被死神選中。」

甯安沒有說話。

「我認為妳一直以來所做的，都是好的。只是現在要再加深一些。原本是把性格壞掉的人推倒在地上，現在是要將他往深不見底的懸崖推去。」

甯安沒有表示。

「妳還是先過著原本的生活吧，如果有一天，那個機會找上了我們，也許我們再來談。事實上即使我們做了，也完全不會改變這個世界，只有少部分的女性可能因此得救。」

甯安點頭，表示知道。她要將收到的錢還給紫婆婆。

「這對我來說不算什麼，就當作是這個世界對妳所做的，表示微不足道的感謝。」紫婆婆說，表情看不出任何的情緒動向，心如止水。

18 由忙到閒的性愛啟動

甯安將工作辭了以後，雖然原本就有一些存款，但紫婆婆的那筆金額讓她多自由了一些日子，不用去想下一份工作的去處。

星期二中午和星期三晚上，她仍擔任那間食品公司的瑜伽老師。對她而言，那較像是一份能夠順便帶領大夥一起活動的伸展時光。吸、吐、吸、吐。每一個伸緩動作配合呼吸，將自己成為正在形塑拉長的麵團，越來越鬆。而且還能夠偷渡了一點防身術。

休息一陣以後，覺得身體有朝氣不少。雖然規律的上下班生活沒什麼不好的，自己也習慣，但真正開始放假以後，身體就像海水裡的水草，可以漫無目的自由漂蕩。

從前工作忙碌時，甯安都不會有什麼性愛需求，每天所估量的只有時間和體力，以及什麼時候領到下個月的薪水。那是以規律所湊合出來的循環生活。身體確實也快要產生潮汐了那樣。

只要開始放長些的假，身體就會不由自主的提醒自己，哈囉，該要覓食囉。產生了一股不可逆的慾望飢餓感。很想要男人。她必需要趕快解除掉這個狀態，覺得自己很容易溼濡起來。

還是趕快來做件案子吧。必需要更小心謹慎才是。畢竟只要是人，或多或少都會有些無辜的地方，即使下手的對象都不值得同情。

甯安必須制止自己：嘿，該停止了喔。雙手輕抹在身體上的觸電行為，她的指尖像和皮膚互通導電似的。是沒有辦法制止的魔力啊，她不斷反覆提醒自己說，該停止了喔。讓手離開自己的陰蒂和陰唇。

完美無瑕啊，登峰造極的身體。她得必須再讚嘆一次自己才行。赤裸的躺在床上，感覺到翹嫩的臀部都讓床鋪都舒服了，堅挺的乳房（即使並不是太大）形狀也好。乳頭勃起了。是一個隨時可以融化掉任何男人的狀態，只要有人進到她的身體裡，就再也出不去了，澈底中了女巫的魔咒，整個靈魂被她緊緊包裹著，從此過著失魂落魄的人生。

即使如此，甯安的夜晚仍作了一個毫無相關的夢。

19 是夢啊

「這個世界允許女性半公開式的練習防身術，但不允許練習踢睪丸這樣的技術。不管怎麼樣都不被允許。可以用品味問題充當藉口，說那有礙觀瞻。但那只是藉口。一群女性，圍著　個男性人偶，練習著怎麼踢準他的睪丸，怎麼看都覺得是世紀性的謀殺。如果一個男性經過看到了，怎麼樣都不會覺得舒服。在男性沙文主義的社會裡，大概有這樣的潛規則吧，即使被強暴了，也不應該用踢睪丸的招數。即使那一定是最有效的方式。練習是有必要的，因為機會通常只有一次，如果失敗了，不會有任何好下場的。雖然原本就處在一個不會有好下場的困境。也許可以換個方式，把男性人偶換成一隻大熊。用力踢那隻大熊熊。效果一樣，但應該仍不被允許，只是看起來不那麼痛。在這高級俱樂部裡，以男性成員居多，所有這樣的練習今後會禁止。即使以防身為由。」

「他們也都看著影片，練習著怎麼強暴一個女性啊。還宣稱說那只是個一道想像的出口，是扇假門。」

「我們的也是。」

「所以繼續練習喔？」

「用力踢，別怠惰了。」

醒來不久以後，甯安就忘了自己做過什麼樣的夢了。

20 好久沒有聚聚了喔

那天甯安約了小月和大河在車站附近聚餐。

高中畢業後就沒什麼聯絡了，都是透過網路得知彼此的近況。從大學畢業到工作以後都是如此。那就像是各個國家之間，靠著報章雜誌與新聞媒體來得知別國的整體近況那樣。

並沒有約其他的同學。可能是在讀書的時候，真正要好的同學並沒有幾個，甯安讓自己在一個群體裡，擔任像水一般的角色。鹽巴、砂糖、蜂蜜、芒果、茶葉、黃豆，不管什麼都能和水有一點關係。又或者是水能和任何物品都有點關係。

不愛說話但都坐在隔壁、彼此會因為數學而湊在一起討論的小月，和對班上每個同學都相當熱心的班長大河。感覺是個問說「哈囉，下午有空一起喝個下午茶嗎」的絕配組合。即使他們不一定這麼想，但確實都赴約了。

他們在車站前的大小街走了一陣，都沒有找到適合的餐廳，平價、光線充足、適合說話的地方。並沒有特別要求要什麼樣的地方，最後找了一間位於小巷裡不起眼二樓的簡餐小店，已經是個下午茶時間，以點心加飲料任選作搭配。

寒暄了近況，小月大學畢業後仍往上繼續進修外文所，大河則在家裡經營的廚具銷售公司幫忙。甯安說自己在食品公司忙完了一陣子，最近在休假，準備轉換跑道。

小月相較於以前的沉靜，已經健談許多，言語像新生的雛鳥終於開始要展翅試飛，但依小月的性格應該就只能永遠都是雛鳥學飛的樣態了。幾乎都是大河與甯安的對話，偶爾想起什麼，或談起三個人共同的話題，小月就會加入。

「之後會想從事什麼樣的工作呢？」大河問甯安。

「目前還沒有特別的想法，不過應該也是行銷企劃類的工作，就像親自料理過的一道菜，再做第二次就熟能生巧了，不用多想什麼，食材的次序、調味、烹煮方式，按照先前的程序下去操作就是了。」甯安用叉子將鬆餅往嘴裡送。

「看來大家畢業後的這些年，都過得很好啊。沒有誰發生太重大的改變。」大河結論。

「這是很好的事。」小月的那杯溫奶茶的水線一直沒有下滑，即使她頻頻的用嘴去沾。

大概是齧齒類動物式的喝法吧，甯安想。

「大家一定都有了很大的轉變，像掀開電鍋蓋以前，發現過了幾年後，裡面的食材都已經熟透可以吃了。」甯安說，她心想自己算不算是那種打開鍋蓋以後，發現原本放進去的土雞仔已經煮熟變成了鴨。質地性的澈底被改變那樣。

「大家都沒事就好，沒有聽到任何關於誰的噩耗。」大河想起以前在舊班級的事情。

「不過高一同班過的同學，我已經參加了兩場告別式了，一個是以前很愛跑步、安靜瘦小的男生，是車禍過世的；另一個是以前常混在一起的朋友，後來當了警察，後來發生意外。嗯，並不是值勤時發生的，也是車禍。」

最後大河說。「我是指類似這樣的事，在我們班沒有聽說過。」

「那真的是最好的事了，永遠都這樣就好了。」小月說。

各自結完帳，小月往車站的方向走，大河對甯安說：「有空的話，再常聯絡。」

「會的。」

「電話嗎？」

「約出來見面也可以。」

「好，那下次見。」

「下次見。」

只見小月又走回來，大河問她是不是有東西忘了拿。

「我要結婚了。」小月說。

大河表示值得高興。

「是啊，沒想過要那麼早，但後來懷孕了，雙方的狀況也都還算可以，就想說結了。彼此並不排斥這件事情。」小月說。

「那樣很好。」甯安最後說道。

但大家不知道，那是最後一次見到小月了。

21 大河的生活（四）

「能夠找到和時間抗衡的能量嗎？」

「必然建立在速度之上。」

「除了速度之外，還有其他的來源嗎？」

「人類仍然無法掌握宇宙中的其他未知能量，也許有，但我們目前無法指認。」

「運氣、占卜、咒術都是。」

「都是。」

22 仍然繼續打擊著犯罪

不知道在哪個男人的房間裡，這並不太重要。

肩帶鬆掉了。甯安將還沒有被脫掉的紫色內衣拉好，用手掌調整胸部，手指將鋼絲邊緣弄好。只穿著內衣褲，非常適合大展身手，甯安並不擔心半赤裸的身體會被觸犯到，因為對方絕對會為此付出代價的。

這個城市裡不被人知道的事情太多了。

酒精、夜色、醉意、犯案。

又一個不知好歹的傢伙。

老樣子，仍是那個假裝買醉醉倒在路邊的無辜女孩甯安。

右邊第八根肋骨斷得非常乾淨，清脆的喀一聲，還有男生張著嘴喘氣的哀號。只要甯安一有動靜，那男生就嚇得爬退。

「真是的，沒膽子玩還這麼壞啊。」甯安看著頭髮染得又紅又紫、嚇壞了的他，就一個二十多歲瘦巴巴的男生。感覺年齡比自己小一點。雖然穿了舌環和鼻環，但已經沒有原本看起來那樣兇悍了。武裝的外表會騙人，但甯安分得出來對方的強弱。獅子是不會對太過兇悍的動物出手的。

大概是對方在外面租的房子吧，有種學生套房的感覺。四周散亂的啤酒罐、隨床隨地亂扔的衣物、幾本擺在桌面上的情色雜誌、吃完的沒吃完的便當盒。完全沒有生活品質可言。

應該結束了吧？

正當甯安要離開的時候，房間的門被打開了，幾個男子闖進來，吃驚看著凌亂的房間和躺在地上哀號的同伴，還不知道發生什麼情況。

「大哥，攔住這婊子！」趴在地上、很卒仔的紅紫髮男對一個平頭壯漢說。

衣著不整的甯安搞得大家心癢癢的，就剩兩件內衣褲好脫了，令人期待。那名頭壯漢舔了舔舌頭，擺擺手，所有人便散開來，圍繞著甯安。在他們看起來，這是一群土狼準備要獵食小兔子的舉動。

在甯安看來，這是一群小兔子要攻擊獅子的舉動。

甯安無力的嘆了一口氣。看來要走，得要處理更多的事情才行喔。

只見她走近牆壁，奮力的朝牆壁揍了一拳。

那是鐵鎚敲擊到石塊的巨大聲響。

平頭壯漢目瞪口呆，腿竟不自覺的微微抖了起來，他努力不讓其他人看見。他們忽然有種一群迷路的小兔子，不小心撞見一隻飢餓的獅子那樣，牠的眼睛貪婪而兇惡，閃著銳利的瞳光，緩緩張開利齒，流下口水。

終於明白這才是正確的景象。

牆壁上裸露出鋼筋，磚頭末粉細細碎碎的掉了出來，破出一個大洞。

這天晚上，甯安聽見了許多根肋骨斷掉的聲音，清脆，好聽。

23 這條街上的貓狗都不見了

回到家的甯安，有種下了班的疲憊。

她從冰箱將一罐泡菜倒入鍋裡，再把未醃漬的牛肉塊加了進去，加了水，大火燉煮。用木製勺子不斷攪動著湯鍋，讓牛肉漸漸解凍。

越是忙碌過後，越要做一些其他事放鬆，甯安覺得園藝一定是很棒的選擇，不過自己應該是黑手指吧，植物們一定沒兩天就哎呀的一株株死去。

她只會煮一些簡單的料理了，即便是煮個泡麵加顆蛋、加把青菜都行。半夜煮點東西的愜意，像是把夜色都摻入鍋裡似的，辛辣的泡菜湯試喝起來都讓人鎮定心神。甯安將小試匙放著，舌頭沾了沾，味道可以了。

放鬆的事還有打沙包，不過半夜太不適合了。toto那邊的隔音就能夠這麼做。甯安想也許這個時間點她就正在練習打沙包，如果toto失眠的話。

嗯，toto是個半夜睡不著會起來打沙包的女人，甯安篤定。

將一整個泡菜牛肉鍋吃完後，湯沒有喝的放置在桌面上，甯安帶著有厚重感的胃，暖暖的躺在床上。辛辣的泡菜香也讓她沁出了汗水，冷氣讓皮膚相當舒服，像一條魔法冷巾披覆在自己身上那樣。甯安將上衣與短褲脫下摺好，把內衣也摘除了下來，置放在衣褲上，赤裸的躲進被子當中，像一隻準備冬眠的小熊。

「人類是極需要和平度日的種族，相較於其他一般的動植物而言。礦物就不用說了。過著在陽光底下，自由自在享受新鮮空氣（如果現在都市的空氣還算不髒的話），任意過著自己想要的生活，背後一定要付出微薄的代價，來讓這個世界看起來更加完善與美好。

「在住家附近仔細觀察的話，已經沒有看到任何一隻貓狗了喔。但我們並不引以為然，繼續過著生活，按時上超級市場購物，有娛樂和運動。那些在外面流浪的貓啊狗的，和我們一點關係也沒有喔，所以當他們徹底消失在我們週遭的時候，已經被我們視為理所當然了。即使牠們是被極殘忍的手段給處理掉的。但我們並不清楚那些，也沒有必要知道。已經乾淨了，那樣很好，我們只要知道這些就夠了。

「實際上我們潛規則裡，已經默許了某種手段存在，即使並不是自己弄髒了自己的手，也已經有人幫我們弄髒了。我們也許會譴責那些手髒之人的行為，但其實我們應該要承擔部分責任。我們同意流浪的貓狗全部被抹除在自己生活的社區環境，以維護所謂的品質與舒適，不過我們採用了最便捷的方式，讓去執行的人，擁有最大的權力。」

躺在床上，甯安覺得夜晚太過寧靜了，即使現在是三點半左右。

好多聲音都被黑暗給吸收掉了，在黑夜裡發生的事，就會在黑夜裡結束，無人知曉的被吸收乾淨了。到了明早，又是一個好天。秋末冬初，白日仍是熱的，只有夜晚才稍微涼快一些。

溫度顯示仍是23度左右，沒有入冬的感覺。季節在變、氣候在變，現在的四季已經悄悄轉變了，沒有人可以制止了。每個人都像勤奮的小螞蟻，過著自己蟻窩裡的體系生態，直到有一天存好了糧食，忽然意識到，為什麼冬天還沒有來。希望有生之年不要讓我遇到冰河時期之類的事喔。

寧靜的夜晚，沒有任何貓和狗的叫聲，這個社區把周圍清理得非常乾淨。世界悄悄的轉變了，社區也是。

toto不知道是不是打完沙包了。

24 toto的健身房

還是睡不著。甯安想起到紫婆婆那邊的事情。

「這個世上有一些人需要被送走，送到一個沒有人的地方。一個去了就不會再回來的地方。」紫婆婆說。

toto帶她走出大門，將鑰匙插入對面那間公寓，喀，左右兩扇門開了。甯安才知道14樓都是紫婆婆買下的。

「這一間特別做了隔音，可以說算是我們的重訓房吧。」toto進入公寓以後，先把窗簾給拉開，裡頭一瞬間像是上了彩色一樣。

「我們的？」

「誰都可以用喔，只要是我們這邊的人。」toto補充道。

牆壁裝置了布簾和吸音墊。健身車、踏步機、肩臂胸腿腹的訓練機，分布擺置在主要客廳與其他房間，基礎設備都有，只留一間房作為休憩室。還有一間toto專用的臥室。

甯安看著其中一房間裡的單人拳擊訓練機，各重量的啞鈴靠牆置在一排架上，還有一個深紅色踢靶，她想要脫下鞋來用赤裸的腳踝底踢踢看那個觸感如何。

「肉體就是最神聖的殿堂，至少我是這麼認為的。」toto說，她脫下身上的輕薄運動外套，裡面穿的是運動式的小可愛。雙臂的肌肉在她自然用力時，像是一隻有力的海洋生物。甯安聯想到章魚覓食的獵殺感。

「妳有想過把不喜歡的人，送離開自己所處在的地方嗎？」

「如果並不是太討厭，通常我會自己離開。」甯安知道toto在問什麼，委婉回答：「用特殊的方式，把別人送走，有的時候，不見得是太好的事。」

「良心的譴責。」toto下結論：「那是指對有良心的人，有些人的行為，已經超過地獄裡所能判下的懲罰太多太多了。」

「那麼妳的選擇是把那些罪不可赦的人，用自己的方式，對他們判了刑。」甯安坐在一台訓練腰部的器材上，對著toto說話。

「是他們給自己判了刑。」toto篤定：「而我所做的，都是不由自主的行動 很奇怪喔，身體沒有辦法控制的動了起來，像是一顆種子有著長芽的欲望一樣，一旦開始發芽就沒辦法停止生長了。一開始只當作階段任務，到後來變成了使命，無法違抗的使命。」

「神不知鬼不覺的？」甯安問。

toto選了兩個15磅的啞鈴，用前臂輕易的上下舉起，「十年如一轍。」

甯安將原本想要問的話吞了回去：怎麼做到的。這個問句是一種誘惑、一種邪惡。toto讀出了她的表情，對甯安說：「也許以後妳會知道，但是我現在要教妳的，原理是一樣的。」

她將手指摸著甯安的左乳房，大拇指停在乳頭左方約兩指半的距離。

「剛才說的食竇穴，也許只有妳能夠辦到。將自己的氣集中在施力處，上一次妳是靠重擊造成了傷害，不過如果是妳的話，也許可以透過指壓的方式，把氣送進去。對方身上的倒數計時器就會啟動，神不知鬼不覺的。那是屬於妳的方式。」

甯安想到一顆定時炸彈的模樣。

「妳知道被侵犯的感覺嗎？」toto問。

「沒有讓對方得逞過。」甯安想起那些被自己痛宰的人。

toto的眼神已經像是電影院散場後，還留下一個人自己操作播放器材，再重播一次：「對我而言，那種感覺如果能永遠不再記起就好了，但已經被身體與心理牢牢記住了，不是說刪除就可以刪除的體驗。好像被一隻鬣狗活活啃食著自己一樣。最純潔乾淨的聖地，一下子就被降下來的血雨汙染了。身體與心靈不受控制，惡靈的裝置被啟動了，那裝置產生了毒性氣體，漸漸在自己的靈魂裡擴散開來。再也無法依靠自己的自由意識活下去了，所有的選擇都已是命定的，並且相信這是自己的宿命。」

甯安看著toto深邃的眼神，那裡頭像是關了什麼可怕的野獸，連同自己靈魂的一部分也一起關住了。

「方法已經告訴妳了，有機會的話，妳可以試試看。」toto放下啞鈴，把啞鈴排放整齊。

「嗯。」

「每個人的人生差異在於，遭遇與處境不同，活法也會不同。像是一顆被彈出去的小鋼珠，軌跡是凌亂不定的，不知道自己最後究竟會去哪裡，掉到哪個洞裡去。」toto最後說道。

25　蛻化的性慾

甯安在漸與漸濃的睡意中，想著自己上一次和男人做愛的樣子。

「性慾也是平常生活困擾的一部分喔，過著忙碌的生活之餘，也必須把時間的一小塊切割出來，專門用在性慾這個部分。一個光明與黑暗的交界之處。可以是一個最亮也最暗的地方。無法表達裡面的景況，必需要自己進入才會知道，只有到過裡面的人才會明白。

「像一隻蟲進入了結繭階段的必要，而性慾將會化作世上獨一無二的一隻熾烈的紅蝴蝶。我們所有人都必須經過這個階段。時間到了，養分也充足了，慾望就會輕動小嘴，吐出長長的細絲，把自己包綁成一隻受困的蛹。沒有誰可以阻止這個蛻化的本能與衝動。」

天終於亮了，她也沉沉睡著了。

26 大河的生活（五）

「應該要有一場遊戲。並不是普通的遊戲喔，而是一場真正的遊戲，不為任何事情，每個人都必須全神貫注贏得這一場遊戲，直到澈底結束。沒有人鬆懈，也沒有人放水。贏了以後，也並沒有任何的利益，什麼也沒有。

「那該怎麼做呢？首先，最困難的地方在於，必需要有遊戲設計團隊，把這一套遊戲制定研發出來。沒有延續任何系統的、獨一無二的遊戲。從來沒有人想過的遊戲。接下來的事就簡單多了，只需要找到參加者就可以了。世界上有許多好遊戲，不過人們並不太感興趣。遊戲是小孩子玩的，玩遊戲並沒有任何實質上的幫助和意義，平常人一定是這樣想吧。於是這些遊戲好端端被荒廢了，沒有得到大多數人的重視。

「為什麼呢？因為人類耗費在生存這事上，像種出幾萬畝稻田那樣的麥穗粒，實在多得數不清了。終其一生為了滿足別人眼中的自己，完成世俗所公認的成就列表，不得不的把時間絕大部分耗費在這，都在琢磨生存的這件事情上。

「沒有辦法喔，必須吃飯、必須繁衍，人的最終目的是被動式性驅力。像駝著巨大重殼的蝸牛一樣，任由隨時會襲來的風雨和鳥類所擺布。可憐的小蝸牛，被鳥喙啄食一口就結束了生命。不管怎麼爬，也只能夠爬到不近理想的高度。在生存競技場中，沒有人可以是最後存活下來的贏家，沒有，我們輸給了自己生前最後放在家裡的那些日常用品，將繼續被保存下來，任人收拾或使用。

「必需要有一場純粹的遊戲，來解脫被禁錮的驅殼，與靈魂。最極致的遊戲，也許幾乎並不存在於這個世上，但是我們不能輕易斷言而放棄。毫無顧忌的性愛可能是最接近這個念頭的遊戲宗旨，但還不夠，應該要有更不同類別的。必需要考驗一個人身上所有的本領與技能、知識與體能的綜合項目，要比生存還要更直接的遊戲。

「直到有一天，一條命是一個錢幣，一個錢幣可以玩一次遊戲的時候，這場終極遊戲將會被完成，也將會被結束。死亡，就是這個遊戲的開始，而且已經開始了。現在有人必須死。」

醒來後的大河，總覺得有人要告訴他一些什麼。

27 一切都是為了找到答案

幾位女孩和甯安一起在房裡候著，等飯局開始後再前往包廂去。

這間飯店氣派的裝潢，讓甯安想起小時候在遊樂園裡抬起頭、背光看見摩天輪的模樣。政商型的小型私人宴會，在飯店裡的餐廳包廂是個避人耳目的好選擇。對那些政治商賈，或者是甯安自己而言，都是。

這是甯安第一次和紫婆婆合作，已經下定決心要做了。休息的也差不多了，甯安相信接下來的一切也都會順利進行，她會讓這個世界一如往常的繼續下去。至少甯安是這麼想的。現在要處理的是比暴力還要超過更多的東西，要好好的移除掉才是。

用什麼方法呢？甯安想要低調的把這件事情處理好，就好。

旁邊的女孩一派輕鬆自然，甯安也融入了她們有說有笑的話題裡。並不是什麼深刻的話題，只是女孩和女孩之間會有的瞎聊。大家都是模特兒背景出身的，這在業界裡會有一定的飯局價碼。toto那邊很有方法的把甯安安置進了飯局。女孩們的話題多是圍繞在自己和哪個名人、哪個企業家吃過飯、睡過覺，相互調笑兼情報交流。

「上次一起上了那個穿泳裝打水仗的節目，自己很巧妙的晃動快要掉出來的胸部，現在通告接都接不完。」其中一個短短半年就竄起的嫩模小萌說。

甯安瞧了瞧，確實是有著很了不起的胸部，形狀和挺起來的感覺讓人很想摸摸看。

小萌總是喜歡引領著話題，大夥就圍著她的話兜轉。她也毫不吝嗇與害羞的分享自己讓哪個政界大老在床上欲仙欲死，對方還一邊憤世嫉俗的臭罵自己家裡那毫無生氣的老婆。這種男人最無恥討厭，唯一的好處也只是肯花錢，但花得還不都是貪汙、收回扣的錢，也都是老百姓的納稅錢。

小萌下了結論後，大家頻頻點頭。

經紀人進來招呼她們說，可以過去了。

穿過門廊，進到包廂以後，幾個老頭子露出了好色的笑，他們身旁都有一個空座位。甯安坐在一個五十多歲的男子旁邊，他的手在她一坐下時就放在了她的腿上，不時用指尖輕摳她的腿。

這個人，就是今天的目標了。

「到了以後，只要跟著進場就可以了，其他什麼都不必多想，直接而簡單的完成任務吧。因為最困難的事都會發生在飯局結束以後，才真正開始。一切都會如期進行的，不用擔心，都已經安排好了，妳一定會和目標單獨進入房間的。」toto說。

身穿紫色碎花低胸套裝小禮服出席的甯安，牢記著toto給自己的暗示。她盡是維持著某種善意的笑。這個交際場合並沒有什麼值得讓人提起勁的，其他女孩絕對也是這樣想的，大家只把它當作是一件工作，每個人各司其職的想把事情做好。而且這個工作的重頭戲也並不是在餐桌上，是在床上，現在陪笑是前戲。

那手指仍不時的在她的腿上，像一隻蠕動的小蟲想要找到產卵處，不停的鑽啊鑽的。甯安仍保持著自己那善意的笑，還會抖動眉毛挑逗對方，那老頭子可樂的。

28 麵爺

「麵爺。」toto將照片遞給甯安：「中上規模的企業家，旗下有兩大公司，航運與印刷，截然不同的領域。是間穩定的公司，帳面上的收入也是逐年穩固成長著，與近來油價下跌也有關。不過真正讓他獲益的是毒品。由於麵爺相當手段的掩飾，相關當局無法真正掌握到直接證據，即使有人真的曾經握住了那個把柄，也因為害怕，或者是沒那個命，使麵爺仍過著如常一般的生活。當然許多都是靠錢打通的關係，直截了當。整個組織就像蟻窩一樣安全的在大自然中生存了下來。」

「所以我們針對的是毒品這一點，或者是其他？」甯安想，毒品並不是紫婆婆或toto想要干涉的。

「麵爺有著與眾不同的性品味。」toto的表情沒有絲毫改變：「透過人口買賣，他能夠玩上手的貨源不會是問題，一些女孩過著生不如死的生活。無論是皮肉或精神上的傷害難以想像。被咬爛的乳頭，隨亂抽打的肉體，想上就上的肛門。一陣子以後，就會換掉玩具。即使是這樣高價的玩具。比較有良心的是，這些玩具後來似乎也都過著能夠見到天日的生活，大概是一種放生出去的動物實驗吧。」

甯安的表情不由得越來越嚴肅。

「但也有虐待致死的案例。被蒙住眼睛，經歷了一些折磨，皮膚上鞭打的擦傷與燙傷，用繩子勒住了脖子，下半身自然做著活塞運動。為了讓自己達到另類的高潮，將玩具好好的性折磨到死亡的邊緣。激動用著力，手勁上勒著綁住女孩脖子的繩索，女孩臉部因為血液無法通過而由紅變紫。結束後，女孩並沒有死。她最後是由肛門塞入的物體所弄傷了直腸，因潰爛細菌感染，沒有得到良善的治療而死去。」toto儘量不帶情緒的述說，維持自己一貫的專業。

「確實並不是個無辜的男人。」甯安想像著他公司底下有兩、三百名的員工，做著正當的事，航運與印刷，過著普通人一般的生活。

「這件事情經過我們的調查，千真萬確。不過可惜的是，」toto女拳擊手似的堅毅的臉，露出了少見的柔性，「我們的夥伴，凌兒也死了。」

甯安後來聽到toto說了關於凌兒的事，遭到麵爺用了殘忍的手段虐待致死，還包括了性虐待。因為是來危害自己的敵人，麵爺狠狠的處理了這件事情。她們都不願再想像與多談關於凌兒。甯安不知道關於凌兒的許多事情，那是後來，等到那件事情以後，toto才會再告訴她。現在，凌兒只是一個受害者的名字。

「從來沒有失手過，不只是凌兒，十多年來，我們這裡沒有發生過任何壞的事情。從今往後，也不能再有類似的事情發生。」toto說，紫婆婆也因此休了兩年，沒有任何有關的行動。

甯安看著toto那把祕密丟進湖裡的深邃眼神，不再多問。

大腿仍然覺得很癢，手指不時遊晃到接近陰部的地方。

甯安不知道自己為什麼會答應這件事情，能夠確信的只有，這是自己必須過來一探究竟的地方。並不是一個實質的地方，而是體內有一個迷宮，迷宮有一條必經的路，就是這裡。一定可以找到出口吧，甯安想，她並不是為了復仇而來的，而是為了自己的答案。

是不是有一些人，真正該死。甯安想要確切的答案。

她看著飯局上幾個五、六十歲眉開眼笑的老頭，一臉三十年前還是小夥子那嘻笑的樣子。那是男人特有的一種得意的笑。慾望像自己挖掘的一口井越來越深，那口井能夠投入多少許願金幣，就能投入多少性慾。甯安看著他們聊了開來，和其他女孩一樣，也都隨著話題笑。皮笑肉也笑，專業，甯安以前就常這麼做了。

也有比較嚴謹的老頭，對身旁的小萌瞧都不瞧一眼。

「麵爺，您要的那批貨，下個星期就可以交給您。」嚴謹的老頭說。

「呵呵，火爺，今天來的目的，不是吃吃飯、敘敘舊嗎？商場上的事情，交給底下的人傳達代辦就好，何必現在說呢？」麵爺的手很自然的從甯安的腿上收了回去，用三指拿起桌面上的茶杯，飲了熱茶。

「上一次交貨出了點差錯，這次還是謹慎一點，時間老樣子，但地點得要換。」火爺的語氣在妥協中有堅持。

「條子是老問題了，但永遠不是問題。」麵爺說：「這樣吧，後續的事我們再談，菜得要趁熱吃，女人得要趁熱摸。」

麵爺揉了甯安的胸部，她貼了上去意思一下的親吻了他的耳後根。麵爺顯然非常滿意與興奮。

沒關係喔，晚一點就會要了你的命。她揣摩著應該會是怎麼樣的狀態，腦中閃過一個女人張開雙腿被強暴的樣子，滋煮自己的殺意。甯安的臉還是親切的笑。

「這麼，上次的事算在我頭上，這騷貨等等也貼你，好不？」

麵爺推了推甯安。她看了看火爺，回以媚笑，這禮數不能失。

「我是那麼小家子氣的人嗎？會記這個帳？再說，您麵爺本事大、出手闊，一次叫十來個，也不是問題，這小妮子，您等等就留著吧。不過誰不知道您後院深，開銷大啊。」火爺平和的說完後，大夥都笑了。麵爺尤其笑得最為誇張。

「是，您火爺說的是，好，喝！」

酒酣之後，服務生又來收走了桌上的蒸籠。飯局已經過了一個多小時，該敘的都已經敘了。幾個老頭各自要領著女人回飯店休息，早都是安排好的事情。麵爺一邊搓揉甯安的乳房，笑著想趕緊回房間打炮。這女人不錯，他想佔為己有。

外頭忽然槍聲大作，引起一陣騷動。小萌叫了一聲，其他女孩也跟著尖叫，隨即下意識蹲躲了下來。甯安也假裝無神的蹲低身子，雙手抱頭。

沒有想到會發生計畫以外的事。

女孩各個花容失色，不知如何是好。身穿黑襯衫的手下從門進來，請示麵爺撤退。

「那我們之後再談談交易的事。」火爺不動聲色，隨著自己的人從門離開。

經紀人緊張又匆忙的進來，要帶領女孩們離開。甯安看麵爺和他的手下從另外一處也撤了，一時鳥獸散。

她們正要穿過走廊，一時也不知道要跑往電梯還是樓梯。這時走廊前出現了一個蒙面男子，快步走了過來，手上並沒有任何槍械，但小萌仍是尖叫且蹲了下來，雙手抱頭。其他女孩也下意識的這麼做了。

甯安蹲下以前，一直注意著那名蒙面男子，但不敢以正眼直視。

蒙面男子穿過她們，目標並不在這裡，他大概是這麼想的吧，往其他方向，像是一只敏銳的飛鷹穿巡而過。蒙面男子看了甯安一眼，隨即撇過頭去。甯安注意到了，瞧他的眼睛和額髮，直到他離去，那個後腦杓。她彷彿發現世界上獨一無二的生物品種，只有甯安認得這個品種。

大河，是你嗎？

29 大河的生活（六）

忙了一整天，還真是有所斬獲。

剛從廚具公司下了班的大河，獨自在一間路邊攤，點了一碗乾麵、魚丸湯、一盤滷味黑白切（滷蛋、豆干、海帶、豬皮和白蘿蔔）。天氣轉涼了，大河將公事包往旁邊的四腳椅凳擺上，風的味道也不一樣了，像滷味加了沾醬的些微調味一樣。他喜歡這樣吃，心情不錯，喉裡輕輕哼著旁人能夠聽到的小調。

乾麵被端上來之前，滷味已經吃得差不多了。

大河喝了一口湯，拿出手機，連上網路，看著好友通訊錄上一張張照片與名字。張小熙。他有預感這個正在就讀大四的會計系學妹，還會記得從前在現代舞社和自己搭檔的事。

那時候大河是社長，現在她已經是社長了。他自覺在編舞上不如張小熙，不過音樂的挑選與剪接還算獨樹一幟，兩人一起編舞的時候，也常能提出好的建議讓她參考。

大河想起她的擁抱，有著冬天離去後冰河開始融化，整條河水漸漸起了涓流的那種自然感。魔力紅的音樂下意識在他的喉間哼起。吃下最後一口貢丸，把湯喝完了，肚腸一陣暖意。他發出訊息，張小熙應該還住在學校旁巷子進去、林媽媽香雞排對面的那棟公寓二樓。

「晚點見個面吧，練舞。」

「好。」

大河期待以前的生活。練舞兩個字，並不是字面上的意思，那是他以前和張小熙約會，所特有的暗號。一起練舞囉。

結帳，大河吃飽了。好久沒見到張小熙了，大河有預感她現在還是會和自己約會。

大河的預感，從來就沒有出過差錯。

清晨天還沒亮，張小熙一定還在夢的遊樂園裡面玩，她的表情有著世上最祥和的雲朵，一定是從夢裡飄出來的。毫無妨備的她要比這個時間的街上寂靜太多，鳥因為陽光出來開始吱吱叫了。要是看到沉睡的少女，都必需要全面停止戰爭的。

早餐還是起司蛋吐司加溫奶茶是絕佳搭配，她應該也會喜歡吧。大河猜。一定會喜歡的。他已經買好了早餐回來，還記得張小熙喜歡吃這個。

忽然聽到手機簡訊的聲音。

大河一看，已經傳來了好幾封，都是甯安發過來的。

到底會有什麼事呢？大河揣想了很多種可能，他的直覺一向很準的。但這次他猜不透，覺得奇怪。於是他撥了電話出去。

「找我啊？」大河對著電話那一頭的甯安說。

30　星期五，晚上八點，皇品大酒店，D1342

「發生這樣的事也是沒有辦法的，真沒想到對方的仇家還真不少。」toto皺了皺眉，把書擺回書架上，那是一本犯罪心理學的書。

「據說單槍匹馬殺進去的蒙面人所傷害到的對象，都只是受了輕重傷，沒有人受了致命的傷害。除了火爺以外。」甯安看著陽台那盆紫花，猜想著它的品種。蒙面人的下手對象可能只有火爺，這點清楚了。

「看來對方的目標明確。據說火爺那邊的派系有了相當程度的變動，像板塊龜裂那樣劇烈，還因此產生了海底火山與海溝。火爺的軍火版圖，已經澈底異動了。」toto走去陽台照顧那些花卉，「並不清楚對方用什麼武器，警方說是槍，但就我所知，是類似槍的物體，妳有想起什麼相關的嗎？」

甯安只想到那張很像大河的臉：「沒有。我也沒看見槍之類的東西。」

紫婆婆今天並不在這裡，陽台的花燦爛依舊，toto也是個綠手指。「紫婆婆這一陣子都不在這裡，別看她這樣，她很熱衷於自己對於植物的光照實驗。」

toto指了指陽台旁的燈架，那幾盞微弱的紫光據說能夠讓那些植物更加健康強壯。

「失敗也是沒辦法的事。」甯安說。

「因此鬆了一口氣嗎？」

「大概是吧，畢竟有計畫性的明目張膽去做一件事情，要比想像中困難許多。就算要把自己全部投入進去也非達到目的不可。至少當時我是這麼想的。」甯安已經在腦海中模擬和麵爺在同一個房間裡會發生的所有經過，不下千次，以備萬無一失。

「凌兒也都是這樣全力以赴，我們都是，沒有人不是，大家都並不是為了自己而做，才會不知不覺往懸崖的邊緣，隨時奮不顧身的跳下。」toto幫甯安倒上今天新試沖的普洱茶。

桌上還有一盒婚禮小喜餅，有八種不同的口味，巧克力就佔了四種。甯安只先吃巧克力，但也吃著別種的，怕被別人發現自己就愛吃巧克力口味似的，高明的掩飾一下。

「像命不是自己的一樣。」甯安說。

「人啊，真的是很奇怪的動物，只要不是為了自己，往往都會不經意的用上了過多的能量，想要改變什麼似的。從古至今偉人好像都要有這種情操。」toto說，為了別人，總讓自己變得更好。

甯安想起買東西給自己都捨不得，但送禮會送得很大方的道理，「下一次不見得有好的機會。」

「下定決心要幹？」toto再次確認。

「嗯。」

「什麼原因？」

甯安想了想：「覺得凌兒可憐。」

她其實要說的是，像凌兒那樣的受害者們。

這並不是真正的原因，甯安內省了體內那個溫馴的自己，乖乖的，裸蹲在一處靜靜坐著，抱著自己的膝蓋。在杳然徹黑裡，走出了另外一個滿身是血的自己，舌尖舔了嘴角的鮮血，在輕鬆一派的笑裡，有著不可一世的自信，與邪氣。甯安對她說，啊，妳就是我啊，我知道妳的存在喔，但是我一直沒有辦法真正的直視妳、認同妳。但我知道妳就是我喔。

甯安並不知道，體內有一個殺戮的自己。

toto把桌面收拾乾淨，並交給了她一張紙。

「吃不到的東西，就是世上最好的美食。」toto說。「男人就是這樣的動物。」

星期五，晚上八點，皇品大酒店，D1342。

「吃到就沒那麼好吃了。」甯安說。

離開以後，她檢查著手機。甯安傳了訊息出去，但都並未收到回覆。

大河。也許是自己認錯人了，那只是一個和大河有著同樣的眼神，和同樣憨厚的後腦勺。眼神裡藏的東西不一樣。那裡面住著的不是真正的大河。甯安知道那裡頭並不是殺意。

她看見的，也是笑意。從沒見過的，看起來像大河的人的笑意。

「找我啊？」手機響起來了，是大河。

聽起來一派無事的樣子。

31 一條河的故事

他們約在河堤沿岸。

一條流經城市的河，前後經過二十多年來的整頓疏濬，從原本被稱之為臭水溝，到現在每年元宵節，都會在河堤兩岸擺掛市區小學所製作的大型燈展。每一所學校所交出來的燈展，以當年的生肖為題。

每一年的燈展都讓甯安覺得當美術老師也挺辛苦的。那作品的絕大部分都是那個老師獨自完成，或是找了得力助手幫忙。有一年她就被在國小服務的朋友拉去折鐵絲、上紙膜，最後那件巨大的作品，水濂洞美猴王齊天大聖孫悟空，獲得了全市第一名。當然其他名次的也不差就是了，比賽就是需要那麼一點運氣。現在距離元宵還好幾個月。

這條河的發源頭來自市區北郊的一小鄉鎮，那個小鄉鎮以工業著名，因此這條河會被稱為臭水溝之名二、三十年，確實有它的真實性在。因為真的有臭水溝的味道，並不是被汙名化了。從前甯安為了做關於這條河的作業，查了地方縣志與網路資料，不知所以就記住了。

她覺得源頭看起來如此不起眼，也沒有成形的河脈，只是微不足道的主要支流。匯流出來以後，面貌大改，在城市有了畫龍點睛的作用。風光明媚的一條河，像是國小女童有一天忽然成了十八歲的性感模特兒。這條河確實非常適合約會。午後的光線明亮，不管是誰走在這裡，就會變得像畫 樣。岸旁的小咖啡廳與電影館，走累的時候小憩，多了些文化點綴。

不過自己當然不是來和大河約會的，但不知道他是怎麼想的，特別是在這個時候約他出來。在他槍戰以後。

應該由他先開口提那件事情的，雖然甯安在大河的言行舉止上沒有看見任何，被自己稱之為破綻的東西。他給人的氣息，仍是高中時候的那個班長。通常都是這樣的吧，當一個人在某個時刻認識到那個人，彼此會維持在那個時期的感覺與關係，談話的語調與神情不會有太大差異。甯安又想到那個蒙面槍手俐落的眼神。

32 是你嗎？

「能夠在下午的時候散散步，還是滿悠哉的，已經令人期待元宵節的到來，雖然還有幾個月。」大河說。

「我也滿期待的。」甯安想到下一次的主題大概會是金雞獨立之類的，不曉得今年會不會再被請去幫忙。

「燈會還是找人一起逛，比較有意思。」

「會有人一個人逛燈會嗎？」

「每年為期兩週的燈會我都逛了幾次，也會有自己去的時候。一個人去的時候，步履是自己的，節奏也是，想走、想停都方便。還有相當自由的方向。」大河說，沒有燈會的河堤岸，走起來也是挺舒服的。

「相當期待燈會。」

「是啊。」

河岸小提琴手的演奏停止了，他坐在旁邊的石椅上，調整了自己的領口，並喝了一口水。又喝了一口水。他們經過了小提琴手以後，甯安問：「這陣子忙嗎？」

「前幾天特別忙。」

「工作？」

「嗯。」

「關於什麼？」

大河沒有馬上答覆，想了想：「很無聊的工作上的事，妳有興趣？」

「可以說說看。如果你願意分享的話。」甯安非常有興趣知道，大河最近都在做些什麼。她想聽大河的說詞，那裡面可能有自己要找的資訊。

「每天過的生活也差不多那樣，生活作息儘量調整到分秒不差。我是指真正的分秒不差，六點半一定要起床，準備上班，晚上也一定要五點下班。到這裡為止，還想再多聽一點什麼？」

「好啊。」

他們仍不停沿著河岸走著，東橋和西橋各走了一次後，又回到了原點。第二圈開始了。

「處理客戶的訂單、永無止盡的資料彙整、為客戶介紹廚具的功能、特質與價位。讓我想想看比較糟的情況，公司經營的是廚具部分，但也有遇過沒幾歲的小嬰孩拉肚子拉在流理台上就是了。我不確定將來公司是否要轉型成衛浴設備。雖然公司的駐點常在大型商城與賣場裡，讓人很難區分廚具與衛浴，到底是不是同一家公司的。」大河拐彎式的開玩笑說。

甯安笑了。大河繼續說：「殺價殺到天荒地老的客戶、詢問半天但其實是來找人聊天的客戶、一邊嫌棄產品卻又一邊付款結帳的客戶。還有杵在原地出神就再也不動的客戶，我還以為那個站點是不是有吸取日月精華的功效。總之什麼樣的人都有喔。」大河一口氣說完。

「我相信，這個世界上什麼人都有的。」

「無奇不有。」

「是啊。」

「所以說，很無聊吧？」

「啊？」甯安在想，你說完了？

「我說工作內容，一張清單就可以交代一整年在做的事情了，當然其中的細節也是相當繁複，與廠商的溝通、與技師的聯繫、出貨的程序，要真正跑過一遍才能大致上有個概況。」大河說。

甯安留意到風變涼了，而且第二次經過那個小提琴手，他正拉著孟德爾頌的曲子。一個和貧窮截然相反的人，他的名字當中的Felix本身就具有幸福、快樂之意。當然最有關聯的是孟德爾頌有個銀行家的父親。

「看來你已經有繼承家業的風範，公司一定會因為你而更加有聲有色的。」甯安照本宣科的說，事實上她在想別的事情。

「嗯哼，或許吧。」

「難道你沒有想過其他行業，或是兼職其他副業之類的嗎？」甯安問。

「比方說？」

甯安有意無意的說：「比方說殺手或是保鑣之類的。」

大河大笑，眉頭一跳一跳的，用逗趣的眼神看著甯安：「妳是認真的？」

「不好嗎？」

「沒有不好，可是沒那個本事，我看起來是個強壯剽悍的人嗎？」

甯安打量著大河，除了高瘦之外，還行，但她還是搖頭了。「是沒那麼像。」

「其他行業我是還沒想到。不過我能想到的是，不繼承家業的可能。」大河有些正經八百的說。

「為什麼要想這個？」

「妳可以明白的吧？一個人的一生，如果只能選擇一件事情認真的投入去做，像職業選手那樣，全心全意在某種自己熱愛的項目，籃球、體操、游泳什麼的，不是很棒的一件事情嗎？如果天生下來就注定只能做某一件事，」大河很用力的想出一個詞：「宿命。那就太過悲慘了，對，宿命。就像工匠的孩子，只能是工匠一樣。不是音樂家，不是世界拳擊手，不是航海士，就只能是一名工匠，別無選擇，那不是很慘嗎？」

「是滿慘的。」

「所以說啊，人活著之所以遼闊，之所以快樂，我覺得都和人能夠擁有很多選擇有關。不管哪一方面的事情都一樣。」

「愛情也是。」甯安最後說。

「妳說的沒錯。」

兩人分開以後，甯安獨自一個人沿著河堤繼續走，並且充滿疑惑。所以那個蒙面人，並不是大河囉？他太像大河了。

33 又是你

星期五，晚上八點，皇品大酒店，D1342。

電梯就只有甯安一個人。2、3、4、5、6，燈號不斷往上攀升。就快到了喔，她感覺到自己的心跳仍不受控制，有規律的擊出小鼓聲，咚咚咚。

冷靜。她告訴過自己了。要冷靜喔。用了很多種口吻。仍吐了一口長氣。她從電梯的反射看見自己，無懈可擊的自己。又長長吐了一口氣。甯安必需要靠吸吐來恢復原來的心跳感。一切和平常一樣就可以了，她覺得自己像個要登台演奏的小選手，吸氣，吐氣，吸氣，吐氣，覺察自己的呼吸，數著自己的呼吸。

心跳慢慢穩定下來了。

不是大河。那個人不可能是大河。即使掩飾得再好，人在談話中也會不小心洩漏了一種若有似無的電波，是我喔，我在這裡，妳還是沒有察覺嗎，我隱藏得非常完美喔。在大河那邊並沒有讀到類似的東西，眼神也很平常，還留有大河以前就有的些微稚氣（大概像六歲孩童拿著無敵鐵金剛到處要找人決鬥那樣的稚氣吧）。還是說是呆滯呢。總之那個人應該不是大河，只是很像大河而已。

只是很像大河。

等一下進到房間，敲敲門，門會被打開，好色的麵爺會盯著自己瞧，從五官、胸部、臀型到腿部，貪婪的用眼神觸摸那性感的曲線。甯安從電梯鏡子看見自己穿著黑套裝窄裙底下那細緻的長腿。

進了房間，不管對方是急切的要脫掉自己的衣服，或是要甯安自己脫掉（不會的，男人最享受的就是脫掉衣服的過程），只要一近身，事情就好辦了。自己會用手掌撫上面爺的身體，游移到左胸乳頭，探測它的敏感帶。下一秒，捏麵團那樣的，將空氣壓入麵團，增加麵團的筋度，揉啊揉啊，肉體就像麵團一樣的柔軟，但不用太麻煩，只要一下就好了。連鋼筋和鐵塊都輕易的折彎變形，她嘗試過不下百次。但首先要先讓他昏迷。

「將氣從風池穴注入進去就可以了喔，但是不能夠太多，否則會有明顯的外傷。」toto說。

一切按照所推演的那樣進行下去就沒問題了。從左風池穴著手，等到他昏迷了以後，再啟動倒數計時的炸彈，等待引爆。微微的，無人察覺的引爆。她想到凌兒的事，即使甯安沒有見過她，但誰都可以是凌兒，那些有名字的、沒有名字的受害者，都是。任人擺佈的破布娃娃。

已經進入熱騰騰的狀態，沒有任何事情是需要遲疑的。

事後呢？不可避免的，這一場性交易的仲介人會先被追究，也許還被處死。這很有可能。雖然有些無辜，但他已經做過許多類似的交易，其中還包含半拐半騙的未成年少女，與牽涉人口買賣集團間的交易。當然，做買賣的，是不用管貨源是怎麼來的，只要能出貨就行了。那些少女的悲情故事，每一則都與他無關，他也不會感興趣的。是個很有手段的人，也有許多小聰明，為了讓自己生存下去，輕鬆的存活在這個世界上。

有些事情如果自己不做，也會有人來做的。他叼著菸對甯安說，嘿嘿，我也只是負責世界上供需平衡的一部分喔。

甯安猜想，既然如此，所會遇到的各種危險，應該有預想到了吧，這樣的人大概不會輕易就死掉了。再往上追究，就找不到人，她所填寫的個人資料都是假的，電話也是臨時辦理的預付卡。女人正點就好，這些東西能做什麼呢？

沒想過女人很危險吧。

是，自己有一張臉孔，這張臉孔的主人叫甯安，他們會花時間去比對這個女子的身分與來歷。但過了幾天，等到麵爺無聲無息倒下的那天，被宣告心肌梗塞而猝死後，情勢會大亂。誰殺的？用了什麼方法與手段，無法直接找到任何相關線索。誰都有可能被懷疑，仇家、敵人或是內親，與麵爺有利益關係、有勢力上往來的誰，都有可能是兇手。

會懷疑到一個前陣子把他弄暈的女子身上？會，但只是千百個懷疑當中的一個。他們必須面臨的是其他問題，組織的延續與繼承。每個人只會先想到自己的利益得失，至於死去的人，只能願他安息了。

大概會這麼進行下去吧。

12、13，叮。電梯到了。

當甯安正要走出電梯時，一名咖啡色夾克、帶著紳士帽的男子經過電梯，往旁邊走廊而去，不疾不徐。甯安只能夠看見他耳根的側臉。拐了彎，進入了安全門。刻意壓低帽緣，看不見他的臉孔。

但甯安認出來了，是那個蒙面人。

一定有事。

甯安跑往D1342房。門並沒有闔緊，因此電子鎖沒有鎖上，甯安把門推開，小心的走進房間，先看到了躺在床上的腿。她警戒的緩緩靠近，床鋪上印漬出一攤血跡，麵爺倒在血泊裡，側額的孔穴（甯安推測是子彈彈孔）像是已乾涸的血泉。她想起市場裡一尾一尾躺著的魚類，因為沒有眼皮而閉不上眼。

屋內沒有打鬥的跡象，乾淨俐落的一槍。因為並非倒在門口，槍手不會是從門口進來的，而是一開始就在屋內。是從十三樓外的窗進來的？甯安搖搖頭，窗戶都設有防止墜落意外的裝置。

她大概只能推敲那麼多了，而且麵爺的死因如何，與她一點關係也沒有。甯安查看四周，確認沒有什麼需要留意或可疑的東西（人的本能，抹去與自己有關的事物，無論是不是自己弄的，這一點疑神疑鬼，甯安還是有的），轉身離開。

她離開房間，經過電梯，往安全門走去，下了四、五層樓梯，沒什麼值得注意的，再走出逃生通道，按了電梯，無事一般的搭乘電梯下去了。

心裡的疑惑像看了超長電視劇當中的幾集，並沒有看全，所以找不到劇情當中的相關聯性。人物與人物之間的關係、每一集當中所出現的微小線索，無法收攏在一起拼出完整的拼圖。甯安想了想自己所知道的線索，完全對不上來，不管如何都說不過去。

或者是看漏了什麼？自己的直覺反而導致線索的流失？她必需要重新檢視這一切事情的經過。上一次的失敗與這一次的失敗。

不，這件事情已經結束了。已經有人幫自己、幫紫婆婆這邊，完成了任務。不管對方的意圖為何，都已經間接的完成了這邊原本所要做的事情，也就是說我們不只需要高興，還得要感謝那個人才行。那個像大河的人。

甯安心想，他大概不會知道其實自己這邊也和他有著同樣的目的。

一開始就不需要自己出動，而且槍殺是大動作，尋兇的方向自然會朝黑白兩道追尋，那個仲介人大概可以逃過一劫，自己這邊也省了一些麻煩。最多因為監視攝影機有拍到自己而被查訊，一個在死者死後不久進入房間又出來的無名女子。而且不一定拍到臉，微妙的側躲攝影機早已是甯安下意識會留意的舉動。

總之這件事情已經澈底結束了，像裁判還沒喊開始，就已經分出勝負那樣，有別的選手進場，幫自己取得了勝利。

但另外一件自己無法掌控的陌生事件，卻像悄悄生根的草一樣，破土而出。當然也可能是無害的草。那個長得像大河的人。

還是得向紫婆婆那裡交代這一次的任務才行。

甯安走出飯店大樓，用手機聯絡toto：「任務完成了，為了以防萬一，我會花點時間在外面繞繞，直到確認沒有人跟蹤。但那並不是我下的手。」

toto的停頓顯然有些驚訝。

「是，也和上次發生了同樣的事，被同一個人殺了。我很快就離開現場了，什麼也沒碰。詳細情形我會再到那邊報告，如果有任何情況再向那邊聯絡，先這樣。」

掛上電話後，甯安攔了計程車，到距離住處還有十五分鐘車程的醫院下車。

原本想先到附近的傳統市場走繞，卻發現自己一身黑色套裝適合高級飯店，在這裡卻像白天鵝要飛入泥巴沼澤裡。而且身上的香水味和市場裡雞鴨牛羊魚的味道，大概可以產出像核能量一樣有爆破性衝突的氣味。她又想起一尾躺在血水中沒有眼皮可以闔上的魚，已經開始腐蝕出腥味了，必需要趕快倒入大桶大桶的冰塊才行。

經過三個路口，她終於到了最近的百貨公司。逛了服飾區和書店，買了兩本書（一本青少年小說、一本創意料理的書），和一塊六吋乳酪蛋糕。甯安覺察自己的鎮定就像下了班，正在讓自己做一些閒事。等等回去後不下廚了，她又到地下熟食區買了一些滷味。

雖然自己什麼也沒做到，但不會有那種有力沒使上的悵然感。相對的，原本可能是自己會沾染鮮血的，如今有一個人把這件原本已下定決心要完成的事解決了，不由得在心底感謝了。對方大概是把這件事情當作是「該做而未做」的事吧。

覺得差不多可以回去了。甯安走出百貨公司，看見了一個熟悉的身影。綠燈亮了，對方沿著斑馬線過了馬路。他停下來，用側臉微微的瞥看自己。是了，對方是在等我。

甯安隨著他的背影過去，腳步也快了起來。窄裙仍不是太方便移動。進入一條小巷後就是街，路燈又多了起來。在他轉入下一個小巷後，甯安終於快追上了他，也轉進小巷。

她停住了。那個人就站在那裡，佔據了整條巷子，面著自己。他的眼神像有魔力一般的攫住甯安，彷彿要抵制那眼神似的，甯安接住了它，也盯著對方。

「謝謝你。」甯安覺得這一定要是最先說的話。

對方並沒有任何答覆。兩個人就這樣站了一會。

那是一張大河的臉，沒有錯。並不是複製，也不是一個像大河的人。甯安從她的眼神察覺那溝通的訊號，那是一隻同類遇上另一隻同類的神情。表示這個人應該原本就認識自己的，但他並不是大河。

「妳幫了很大的忙。」他說。

「什麼樣的忙？」

仍沒有回答。

他轉過身，緩緩走向小巷底端，消失在夜色裡。甯安並沒有因為他的憑空消失而感到訝異，彷彿他原本就是一個可以讓自己消失的存在體那樣，那是他自身本事。

「甯安。」小巷裡，她聽見身後一個像大河的聲音說。

34 大河的生活（七）

「想好了嗎？」大河問。

「嗯。」張小熙一臉期待的樣子。

他們要玩一個遊戲。首先，彼此要在腦中想一個名字，一個角色的名字，不管是人類、動植物或是外星人。接著彼此詢問對方一些問題，按照問題，對方只能回答是和否。當一方有了頭緒，便可以開始猜對方腦海中的那個名字。只要開始猜名字，就不能再問問題了，直到猜出為止。名字必需要是對方知道的，不可以是自己偷偷養在魚缸裡的一條被私自取名字的孔雀魚。那個名字要有些知名度才行。

「真實的？」

「不是。」

「男性人形？」

「人形。」

「戰鬥力可以毀滅地球嗎？」

「不行。」

「那摧毀一塊大岩石呢？」

「應該可以。」

「很壯嗎？」

「一般身材，偏瘦吧。」

「徒弟的武功比自己強嗎？」

「沒有徒弟。」

「髮量很少嗎？」

「中等，偏多，並不是黑髮。」

「身體能夠像橡膠一樣拉長嗎？」

「不行。」

「會格鬥技嗎？擅長肉搏戰？」

「並不。」

「會使用金木水火土等五行的招式？」

「也許會，但不常出現。」

「能夠許願讓死者復活嗎？」

「不能。」

「有披風嗎？」

「有。」

「使用武器嗎？」

「有輔助性的武器，或者稱之為工具。」

「會用氣功類的招式嗎？」

「不是七龍珠。」

「航海嗎？」

「不航海。」

「使用忍術嗎？」

「不用。」

「會打暴力網球嗎？」

「完全不會。」

「輔助工具是釣竿？」

「不是。」

「和日本動漫有關？」

「無關。」

「和西方世界的英雄，復仇者聯盟、蝙蝠俠、超人、X-Man等等的有關？」

「無關。」

「和魔法世界有關？」

「有。」

「他在主角群裡？」

「是。」

「是最主要的角色？」

「不是。」

「害怕蜘蛛、髮色褐黃？」

「是。」

「《哈利波特》裡面的榮恩。」

玩完猜名遊戲後，他們從義大利麵小餐館離開。張小熙因為風而撥了撥自己的頭髮。路燈已經亮起來了，來往的車輛也多，暗澄近墨的天色已較兩小時之前更黑更黑了。

大河注意到一位因綠燈正要過街、穿著黑色套裝搭窄裙的熟悉面孔。手上提著百貨公司紙袋的她，走上了斑馬線，迅速通過馬路。

「妳先回去吧，我想起公司的一些事要辦。」大河對張小熙說。

「晚上還見嗎？」張小熙問，等等還見面嗎？

「太晚的話，妳還是先睡了。不過如果有變動，能抽出空來，我會再提前聯絡妳？嗯？」

大河目送張小熙走往捷運站離去後，也通過剛才的馬路，搜尋那身影。大概是剛逛完街。大河猜想甯安的行程，一邊從遠方看見了正要離開人群的她，走向一條小巷。

她的步伐加快，看起來好像在追什麼。大河的腳步也不知不覺的跑起來，拉近和甯安的距離。確實在找什麼的樣子，大河確認了自己的猜測，過了馬路，轉進小街，就是那巷子，甯安轉了進去。

「甯安。」等到大河追到那條小巷後，對著背對自己的甯安說。只見她一個人站在那裡一會，動也不動。

甯安自顧自的走了出來，若有所思。她完全沉浸在自己的思考裡了，即使遇到大河，也沒有打招呼。兩人還差一點撞上，但是甯安並不理會的逕自走她自己的方向，好像一輛沿著軌道行駛的火車，正前往另一個目的。

大河瞧了瞧那條小巷，空盪盪的像一條盯著自己的黑貓，什麼人也沒有，只有一盞兀自發亮的燈。巷子的盡頭，仍是另外一條橫向的小巷子。

大河望著那巷子的盡頭，不知道甯安究竟追上了什麼，又看到了什麼。

兩人今天沒有碰面，也沒有說上話。

35 晚宴

「歡迎光臨！」

幾位穿著日式和服的侍者站在門口歡迎。

由一位笑容可掬的女侍者領位，詢問甯安以後，便領著她到toto所訂的包廂去。她們沿著空木板式的階梯上了二樓。一上樓便看見一輛藍條紋布巾的木製推車，上頭擺了許多海產漁獲，撒了碎冰與顆粒冰塊。甯安聞到海鮮的鮮味與餐館壁牆上的木味。

小姐拉開拉門後，甯安看見了已經待在包廂裡的紫婆婆與toto，對她們點頭，行了一個簡禮，才把鞋脫在外頭，進到包廂內。

紫婆婆詢問甯安有沒有什麼食材是特別忌諱的。

「不，都可以，沒有忌諱，蚌、貝、蝦、蟹都吃。鴨、羊也吃。」甯安在toto旁邊坐了下來，面著紫婆婆。

toto翻著菜單，告訴服務生所要點選的餐點，龍蝦火鍋與海鮮拼盤，綜合握壽司與海膽手卷。特別交代生魚片要兩船。最後是清蒸石斑。甯安私自估量六位年輕女性差不多能夠吃完的份量。

服務生疾筆記下後，重述菜單內容，確認無誤。

「好的，請稍後，餐點待會為各位送上。」服務生退了出去以後，將清酒送了上來，才把拉門闔上。

「這一次也算是成功了。」紫婆婆把這次的小晚宴當作是慶功用的，她的笑裡似乎仍有著遺憾，甯安後來才知道那是和凌兒有關的。

toto為紫婆婆斟上酒，甯安也為自己斟了。toto坐回位子，將清酒倒入自己的白色小酒杯當中，將長壺型的酒瓶擺好。甯安啜飲了一口，酒含在嘴裡有一股溫熱感，下喉間後一道熱流滑了下去，她感覺胃裡也有了一座溫酒泉了，整個身子都泡在裡頭了。又不自覺飲了一口。

「但凡有巧合的事情都可能是一體兩面，有時候看似好事，卻悄悄打開了一個黑洞。」像站在井口上，將燈光探照而下，看看有什麼東西躲在深不見底的黑井裡，紫婆婆問甯安：「你有沒有覺得哪裡可疑，或者是看見了行兇者？」

甯安閉上眼睛，像在釐清頭緒似的，陷入了自己的想法裡。當然這也是躲避追問的一種好方法。仍在想著，侍者出了聲，打擾了，拉開拉門，膝蓋貼著塌塌米，將龍蝦火鍋先擺上桌，放置中央偏靠甯安的位子，綜合生魚片船則靠紫婆婆的位子。再將其餘的餐點一道一道安上。

「待會來為您收拾桌面後，再將其餘餐點陸續送上。」侍者行了禮後，慢慢跪退出去，將拉門拉上。滿滿一桌料理菜餚。

「有看到側臉的樣貌，好像在哪裡見過，像是認識，實際上並不是如此，是個互不相識的陌生人。」甯安在紫婆婆動完筷子夾滿了碗以後，才開始用碗盛湯。在飯局中也自然的談話，像是一種修行之必須。

「如果是那樣就好了，對方如果發現妳，要對妳有什麼威脅，應該也下手了。暫且說起來，對方並不是站在那邊，但也不是我們這邊的。目前只能先這樣觀望了。」紫婆婆說完，送入一口生魚片，她的牙齒一定很喜歡那樣的彈嫩，甯安想，像枕頭和頭部那樣的關係。

暫時只能這樣了。大家吃著料理，並稱讚那尾清蒸石斑的味道完全不輸給龍蝦的香甜與濃厚。同意了暫時不管那名槍手的結論。

晚餐散會，司機將車子開了過來。甯安在目送紫婆婆和toto搭上車後，往路口的方向走，打算在那裡攔下一台計程車。她沿著路逆向而行，一輛一輛的車從前方行駛過來，並且經過了甯安。它們都亮著車燈，遠遠就能看到一雙雙巨大瞳子似的，像是飛出洞穴的蝙蝠的眼。

36 徐季

在經過一巷口時，一名穿著黑色風衣的男子，按壓下自己的帽簷，走進了那巷子。他的確是在等我，沒有錯。甯安收到訊號，便和他走了進去。沒有什麼好怕的，甯安已經很久都不知道什麼叫做害怕，她這一輩子可能都毫無所懼了。

那男子點了菸，抽了一口。在暗巷看不見他所吐的菸是什麼形狀的。

沉默了許久，他將菸丟在地上踩熄。

「徐季，我的名字。妳可以叫我阿季，或是任何妳想稱呼的方式。」

「徐季。」甯安試著這個詞的發音。

「我知道妳是誰。」徐季說。

甯安揣度著這是什麼意思。

「我們因為擁有了什麼，而決定了自己是什麼。」徐季又說，「換個地方聊吧？」

晚上的美術館分成了好幾區塊被使用著，婆婆媽媽在正門的草皮練習跳著土風舞，側門的石板空地則由一群練街舞的學生佔據著，看起來應該是高中生。在周圍步行、散步、慢跑的老人也不少。長廊一塊塊石板椅，幾對情侶各自擁有著自己的世界。

徐季在圓形溜冰廣場坐了下來。「我覺得我們都很特別。妳自己也會這麼覺得嗎？」

「我並不那麼覺得，不管什麼樣的人，都有自己要做的事情。每個人因應不同的能力，而選擇自己所做的事是什麼。」甯安揣量著，這個人到底是誰，又有什麼打算呢？她也在廣場上坐了下來。

甯安和徐季相隔著一個寬距。如果有什麼突發狀況，臨時要應變也較有反應時間。

「我同意妳說的，畢竟每個人的想法不同，所採取的態度與面對的處境也不同。」徐季摸摸口袋，看似非要抽上一口不行的，但始終都只摸著那口袋，彷彿下意識的習慣：「我知道妳的事。」

「我自己都不知道我的事了。」甯安觀察這美術館四周活動的人，那對情侶親吻了，另外一邊太極舞劍正要跨步出去，十來人步伐一致。

「變個把戲讓妳瞧瞧。」徐季從口袋拿出那包菸，看不清楚是什麼牌子的，甯安由包裝來猜那可能是七星牌的，「我現在必須抽一根菸，妳想一個人，想一個自己現在想要知道位子的人。我可以告訴妳那個人在哪裡。」

甯安皺了皺眉，看著徐季把菸叼在嘴邊，拿起一支人頭馬造型的金色打火機，喀，只一金屬聲，火就出來了。他將眼睛往上吊，像是在讓眼睛做向上伸的體操一般，才抬頭看著夜空，吐出菸。

「想好了？」

「嗯，想好了。」

「好，我馬上找出他來，我猜是個男的。」徐季沒等甯安回話，又深深吸了一口菸，讓煙集中在胸腔，從隆起的胸膛可以感覺到真有厚重雲霧般的煙氣匯集在那裡。

他用鼻子吐出一段長氣，白煙漫出，相當緩慢且久遠似的，像要聽一部歷史故事。徐季閉起了眼睛，感覺他已經進到那雲霧的世界裡探索著什麼。

「……」他沒有說話。

氣仍吐著，煙氣有那麼濃厚清楚的嗎？甯安發覺原本菸草的味道好像沒有了，吐出來的煙像是徐季自己體內產生的煙霧。

「……」徐季還是閉著雙眼，眉頭也漸漸深鎖了起來。

花了好長的一段時間，他終於把氣都吐完了，最後一絲煙也隨著風吹散了。他倏然睜開眼睛，瞪著甯安，這樣也不禁令她吃驚。

「妳在想的人，也就是我想要找的人，我一直找不到他。因為那個人就是我唯一沒有辦法用能力找出來的人。」徐季篤定的說，他也在找一個人。

「至少我都叫他槍哥。」等徐季休息完（吐完煙的他看起來非常的疲憊），又坐了一陣子以後（甯安在想他確實像是剛跑完半程馬拉松的選手一樣，還不到虛脫，但也夠累的了），有點打趣口吻的說：「只要在這個世界上的人，不管是跌入大峽谷，還是坐著潛水艇潛到深海裡，我都能夠找的出來。我猜應該可以啦，因為我沒有追蹤過那樣的人。」

甯安歸納眼前這個叫做徐季所說的話，他說他可以找到任何一個人。

「但槍哥我沒辦法。」

甯安剛才想著那個像大河的臉孔，果然不是大河。如果徐季找的到大河，那麼他們就是不同的人，擁有不同的存在。

徐季大大嘆了一口氣，像跌了一跤狗吃屎似的。才正要大顯身手，興高采烈帶著拳擊手套要狠狠痛宰對方時，對方卻開了一台坦克車出來那樣。完全洩氣了，原本的風衣看起來也沒那麼帥的樣子。他抓了抓頭髮，陷入自己那個自以為莫名的情緒裡：「可惡，出糗了。」

甯安無語的看著這個人，是怎樣？

他從手掌中抬起頭來，望向甯安，感覺有一點「對就是妳，我就是要找妳」的樣子，他站了起來，咳了兩聲，清了清聲音，「我，徐季，妳，甯安。我找到了妳。」

嗯，然後呢？

「每次我微乎其微的追蹤到槍哥時，同時我也能感覺到妳。我想，要找到槍哥的方法，一定存在妳那邊，一定和妳有關。」

徐季等著甯安說話，甯安沒有任何表情，沉思了一會後說：「我最近見過，嗯，是遇到他兩次，自己也有很多理不出頭緒的地方。不過，你是不是應該更清楚的解釋一些什麼，就你所知道的部分？」

「啊？」徐季不明所以的冒出問號。

「你到底是誰？這又是怎麼一回事？」甯安拉了他的衣領說，像要逼供似的。

37 徐季的自述

我並不知道妳，或者是我為什麼會這樣，但我想妳應該也是有天醒來，就覺得自己好像有那裡不太一樣。以女性的說法應該是初潮的感覺吧。我自己忽然有了不一樣的視野似的，但從那天起，勃起也並沒有變硬，和以前一樣。嗯，當然以前它就很硬了，我並沒有為此感到不滿，哈哈哈。

我能夠找到自己看過的人，即使是透過照片或是影像，只要是看過都行。新聞出現過的槍擊要犯、世界名模、政治人物等等。當然唐老鴨和飛天小女警沒辦法，是吧。

我以前常常這樣和心儀的對象來個不期而遇，但最後不知道怎麼的，都被誤以為是在搞跟蹤的變態狂，讓我也相當苦惱呢。從電影院出來巧遇、從書店出來巧遇，甚至從旅館出來巧遇，通通都沒問題。

有一次我用同樣的方法，想要追蹤以前一個系上的學妹。那天她跑到PUB去玩，和一些朋友玩得很開心，喝了許多酒，醉茫茫的，和那群朋友要回去了。我上前搭訕，結果她連理都不理，真讓人傷心啊，又白搭了。

我正準備離開，就看到妳就坐在PUB外，好像喝醉站不起來的樣子，我上前表示關心，但妳搖搖頭。後來妳和一群看起來不怎麼樣的男子離開了，坐了他們的車走掉了。我心想這不對勁，很擔心妳，就跟了過去。

等到了目的地，不知道是誰家，那裡就在靠捷運站旁的一間平房。妳被抬進去以後，我越想越不對，乾脆打電話報警，說裡面有人在抽大麻嗑藥，還不排除有性交易。地址我也都報給警察了。妳知道，追蹤是我的專長，我還是個記者哩！

我怕來不及，只好先敲了門再說。沒人回應，我一看，天哪，裡面的人不知道被誰給全打趴在地上，幾乎要哭爹喊娘了那是。妳也已經不見了，應該是走掉了。後來我才知道妳的能耐，那群人哪是妳的對手啊。

我才想起來，那應該是我第二次看見妳才對，先前也有一次，在不同的地方，可能是便利超商外面吧，好幾年前的事情了。妳看我記性不錯吧？簡直是台記憶人臉的電腦呵。

別看我這樣，可能因為是這個能力的緣故，只要是在街上隨意看到一眼的人，不知道為啥的，我都記得這些人的長相和樣貌。當然過一陣子還是會消失不見，只要我從來沒有去找過他們，他們會從記憶檔案裡消失模糊掉了。我腦袋裡可能有建立別人樣貌的獨立檔案。

那我為什麼記得妳？一定是一看見正妹就記住啦！過了幾百年都不會忘記。

說出來妳可別怪我，我開始好奇妳是個怎麼樣的人。當然妳也知道，就發現了很有趣的事情，我發現妳不斷在教訓一些人。他們都是一群色鬼，全都狠狠的被妳教訓了。幾乎很少例外的，都不知道是誰在引誘誰犯罪了。幾乎清一色的倒在地上抱著胸腹，好像犯了很嚴重的肚子痛。我在想妳應該是用狠狠的直拳攻擊肚子吧。

喔，說到槍哥啊，這也正是我這一次的目的。照理來說，他和妳原本應該是沒有任何關係的，至少在我的認知網絡裡是如此。原本我要追蹤他，但一直追蹤不著，直到有一次追蹤妳的時候，竟看見槍哥又出現了！讓我不得不驚訝一下。嗯我好像有點太容易驚訝了。但我就是驚訝了。

至於我為什麼要找他。嗯，妳沒問我這個問題？這是個重要的問題，說來話長，所以我必須長話短說。咳咳，是這樣的，妳聽過魏鷹聰這個人吧？是啊，就是那個忽然就猝死的那個，大家都傳聞說是被獵神所殺。這應該是不會錯的。還是叫做獵魔？不管。那時候我正要去採訪魏鷹聰，喔喔喔對了我忘了跟妳說我的職業是記者，這是我的名片。我已經說過了？

說是採訪，其實也只是像個狗仔一樣的，東嗅嗅西嗅嗅，喔，這邊有可疑的味道喔，讓我好好來追蹤一下是不是有偷藏骨頭或肉那樣的，去找出對方所隱藏在洞穴裡的好吃食物。托這個能力的福，我在這一行賺了不少，畢竟狗仔記者最重要的就是隨時隨地能掌握到對方的去處，特別是那些可疑的地方喔，只要知道了，剩下的就只是等待對方露餡。

那時我正要去找魏鷹聰，也想要探探他被判刑後的那段時日，是否正如他自己所言的每天都去田裡種菜。我敢說一定還在背後運行著什麼權謀之類的吧，非揪出他辮子不可。

那天很奇，和妳有關。是白天。妳也知道我注意妳很久了。喔喔這個句子不是告白喔。記得妳的臉。那天一早我正出門，大概是七點之前的清晨吧，就看見妳一身運動服裝在住宅社區周圍跑步，那個社區是魏鷹聰所擁有的宅屋裡的其中一間房。與其說是房，豪宅可能比較貼切，那附近的房價都貴，一般人是買不起的。

這也不是什麼巧合，人在這個世界上，本來就以某種相互關係產生連結的喔。雖然看見了妳，但正事要緊。我要跟蹤魏鷹聰，挖掘他，獨自躲在車內吃著起司蛋吐司和無糖豆漿，但沒等多少時間，早餐還沒吃完，就看見他從大樓走了出來。大概也是要去買早餐或是運動之類的我猜。但無論要去哪裡，都被接下來所發生的事給阻擾打斷了。

那時出現了一個男子，神色自若的朝魏鷹聰的背後走去。他就是槍哥。對方當然完全無法察覺。但說時遲、那時快，附近出現了一聲極慘烈的叫聲，是男性的慘叫聲。我連在緊閉的車內都聽得清清楚楚，其他人更不用說。我還以為他是睪丸破掉了還怎樣。後來才知道不知哪個誰又犯了妳，簡直找死。

魏鷹聰被這聲響驚嚇到，當場龜蹲了下來。一切都來的太快了，我根本沒看到槍哥用什麼武器。只見他緩緩舉起他的右手，對魏鷹聰的方向比了一個手勢，妳猜怎著？附近店家的自動玻璃門居然應聲爆裂開來。是槍聲沒錯，但又有一點不一樣，說不上來，且那聲響要比睪丸爆裂開來的男子要小上許多。隨後魏鷹聰又開始躲藏，這次打到他旁邊的盆栽，也是應聲爆裂開來。神奇的是我並沒有看到槍哥使用什麼金屬類的還是槍型的武器，感覺那殺傷力就存在於他的本身。

槍哥沒能得手，他也並沒有說逃躲開來，就不疾不徐的拐了彎走進巷，消失在我的視野裡。但是妳也知道啊，我是什麼人？有這個追蹤本領，對我來說，這簡直是直接逮到了這個現行犯了這是。雖然我私心覺得一槍打死魏鷹聰也很爽啊，我還當場搶了一條獨家哩！

我馬上要來找出槍哥究竟要往哪裡跑去。這天最奇怪的事情就發生了，不管我怎麼想、怎麼找，就是沒辦法找出他來。他的臉我不可能忘記，那一整天一直到我晚上失眠，仍一直想著那張臉，但就是找不著。

過了幾天仍搜尋未果，也只好罷了。我就又把重心回到妳身上了。咳咳我必需要強調我真的沒有老是跟蹤妳、追蹤妳的，一來是對妳的好奇，另外一方面妳也幫了我製造了不少獨家好新聞。每次我只要跟著妳這樣在夜裡東走走西繞繞的，就是會有事情發生，而且妳從來都是平安無事的那一個。一開始我還想說要是妳遇到了什麼麻煩，我還可以救妳，但顯然是我太多餘、太一廂情願了。在這個城市裡妳簡直就是無敵女超人啊。

直到有一次，在一家高級飯店附近吧，那次妳大概有什麼重要的會議還是飯局。那是我相隔幾個月後又再一次看到了槍哥。後來的事情妳可能比我還清楚，軍火犯的火爺在那一天喪命了，死在槍哥的手上。我們看到的官方說法是死於槍械鬥爭，但事實上沒人知道殺死他的武器是什麼。在那期間我又能感應到他了，直到槍戰結束後，他又消失了。

而最後一次，這我就不用多說了，是前幾天才發生過的事，新聞也播過了，是麵爺。被不知名組織以槍近距離殺掉的新聞。和妳一點關係也沒有，但真的是這樣嗎？那天我也追蹤了妳，巧合的是那天我也能夠追蹤到槍哥。你們出現在同一家飯店裡。

所以我在想，槍哥的出現和妳，到底有什麼關聯性。那個我一直說不上來的東西，我必需要問妳的。

38 不要再跟蹤我了

甯安中途幾次想要插嘴，但都忍了下來了（因一直被跟蹤、自己卻渾然不知而感到憤怒。她猜想羞惱的成份可能更大），靜靜的聽徐季把話說完，且儘量讓自己不顯露太多表情，以免還被猜中了情緒。雖然聽他說話不算太無趣，白癡的語助詞太多了，多到讓人想揍他。

她仔細回想了被提起的那幾個片段，有些還有印象，特別是幾個關鍵的重要事件。但其餘都因為太過久遠模糊了，而且深夜外勤（確實也有白天出動的）已如常的像是每天三餐一樣的日常，並不會記得某天的某個時間點，自己做過了什麼。當然如果關鍵的情節被挑起時，回憶就會像發芽一樣的冒出來。

在聽話的過程她一邊想了又想，把時間線拉畫出來，點了那些事件的標記，標記上還有簡單的註解。再一邊咀嚼著徐季的所見所聞，綜合一下他出現的時間地點，大概是一年前就和自己有了關聯。直到最近，因為，嗯，他說的槍哥，那個長得像大河的人，才特別留意起自己。雖然徐季一直都很留意著自己，可惡的。

奇怪的是，那個徐季說的槍哥，確實和自己完全沒關係，但他確實長得和大河，簡直一模一樣，像是從鏡子裡走出來似的。也許仔細觀察，搞不好左右對稱點不一樣也說不定。既然像大河，那和自己大概脫離不了太多關係，而且中間還發生了那兩件槍案。

夜仍然深了，正要進入更深、更深的層次。

「大致上我了解了。你跟蹤了我很久，一直沒讓我發現，然後一天你遇到那個自己一直沒辦法跟蹤的槍哥。因為是不可能會發生的事，像太陽有一天忽然從西邊出來了那樣，但它確實發生了，引起了你全神貫注的注意。世界上第一個看見太陽打西邊出來，而且只有你發現這件事。所以你必需要找出槍哥。」甯安整理完龐大的資訊後，也像是電腦計算機跑了一陣子，溫度升高，速度有點鈍：「直到這一天，你發現解謎的關鍵，也就是我和槍哥，彼此間確實是有關連性存在的，所以你必需要找到答案，而最快的方式就是直接來問我。」

「妳說得太好了，完全沒錯，我簡直要鼓掌了。等等妳剛才說我跟蹤妳很久，不會是在生氣吧？但重要的是妳沒有誤解我，妳完全了解我了。」徐季看起來真的是要站起來用力鼓掌似的。

甯安不知道該說什麼，這個人大概有點病，或是神經大條吧？

「你怎麼沒想過一個可能性，很可能你這樣自我介紹的出現，會讓我殺了你，之類的？」甯安像只是說出了一個和「你等等想去哪裡吃什麼」的平常句子。

「我稱這個為神一般的直覺。」徐季自信滿滿的說：「很長的一段時間裡，我發現妳一定不會是個壞人。就算真的是有點壞的人吧，對於那些妳所解決過的，人還是事件呢，從來就沒有一個人死掉。一個也沒有。所以我猜想，妳做事有妳的原則，妳只是想要做一些自己能夠做的，也能夠承擔的，對吧？」

甯安忽然想起了那個被自己打死的攝影師，致命的食竇穴。

「說得更清楚一點，我知道妳是個很好的人。」徐季靠近甯安，斬釘截鐵的說：「妳一定是個好人，不會錯的，我所相信的是這個。」

甯安其實沒有深刻的想過這些問題，世界上所有的好與壞都是被區分出來的，好相對於壞，壞相對於好，好與壞是被比較而相對出來的。就像美醜一樣，就像天堂與地獄一樣。但好壞能夠同時存在於同一個本身嗎？

甯安覺得自己就正處在這樣一個狀態。當一個物體慢慢被推向好的邊緣的同時，壞也悄悄降臨在它自身了。

「總而言之，妳是個好人，哈。」徐季真心覺得這是個幽默。好笑的幽默。

甯安像無事的仍在自己的想法裡打轉，該殺沒被自己殺掉的人、無意間被自己殺掉的人，自己距離血泊之路是越走越近了。這個世界反常的事已經夠多的了，今天已經是個接近冬至的日子，但白天的高溫仍接近30度，晚上也還有20多度。

美術館園區的植物沒有辦法辨識出這個季節究竟為何，甯安感覺草的味道並不是冬天應該有的味道。

徐季自己僵坐在那裡，在想是不是再來抽一根菸。甯安剛才怎麼沒有理我？不好笑嗎？

「你說的槍哥，我並不認識，老實說那兩個人的死亡都和他有直接關係。但我並不是說他是壞人，也沒有要讚許他所做的事。會不會再遇見他，老實說很抱歉，我也沒能幫上忙，因為他的出現不是我所知道且能掌控的，我們是兩個完全不同的個體。你要找他，是你的事情，我並沒有太大的興趣。至於和我有關的事情，最好還是別再跟蹤我了，否則會惹禍上身。這並不是個威脅。」

甯安說，就這樣吧。

39　大河的生活（八）——《Agricola》

位於和平路與中正路上的百貨公司旁一條小巷，車子要進入百貨公司的停車入口就在那裡。那小巷再往前十公尺，有一間複合式餐廳，點選一份簡餐飲料莫約兩百塊左右。它的特色是本身是一間桌遊店餐廳，低消是一百塊錢。

大河一直很喜歡這間店，大學的時候他很常來，點一杯紅茶和一份薯條雞塊綜合炸物，就能夠坐上一整天，好好專研裡面幾百款的桌上遊戲。他總是感嘆人一生所擁有的時間實在太少太少了，沒有太多時間可以玩遊戲。

先聽了半小時的遊戲規則解說，張小熙已經讓大河所教的遊戲花掉將近兩小時。這是一款經營農莊的桌上遊戲《Agricola》，中文的譯名為農家樂。農莊一開始有十五格空格，有兩格上方擺設兩間木屋，住著一對夫妻。遊戲有十四個季節，以十四回合為一場遊戲。最後把農莊經營的最有聲有色者，得分就會最高，並贏得遊戲。

大河最喜歡的一點就是《Agricola》裡頭有兩大系統，職業卡與發展卡。每個職業所象徵的能力、技能不同，發揮出來的功效也不同。如果當個釣客，就會擁有很多可以餵養家人的食物。如果當個砌磚工，則會擁有許多建築資源來擴建自己的房舍。而發展卡指的是各種日常生活用品與農牧器具，每張發展卡都有購買條件，越昂貴的器具，發揮出來的功效也越大。但要職業卡與發展卡彼此搭配得好，才會打出高分。

「在上個回合，妳可以先派遣家人去割蘆葦草，因為家人從事捕魚行業，割草就可以順便在河邊捕魚了。蘆葦草生長在沼澤與河的沿岸，古人都用它來加蓋屋頂。另外妳還剩兩個家人，因為已經要到收成餵養階段，該準備讓家人吃飽飯了，否則他們就必須上街乞討，那是會嚴重扣分的。妳其中一個家人可以去牧場把羊牽去廚房烹煮掉，另外一個家人利用空檔，先到礦採採集石頭，下一個季節可以將屋子打造成石屋，比較保暖喔。」

張小熙笑著聽大河說著自己也不太懂的話。

遊戲接近尾聲，張小熙看著自己的農莊，荒蕪之地還剩許多，幾塊田地，一圈柵欄，還有沒砍伐掉的樹林與未開挖掉的泥沼。相對大河的農莊，有豬、有羊、有牛、有馬，田裡種植了蔬菜與稻麥。兩人有著狗窩與豪宅的差別。

張小熙唯一特別覺得有趣的是，動、植物的指示物製作得相當精緻，顏色也很漂亮，讓它們得以被輕易區分。

遊戲結束後，張小熙終於鬆了一口氣，轉轉自己的肩膀和頭頸，好像坐了一世紀那麼久。

「下次再玩吧。」大河說。

「好啊。」才怪：「下次再玩玩新的遊戲。」

「還是玩遊戲的時候，心情最好了。雖然是個很累人的過程，但是這一類的策略遊戲，最能夠把腦袋裡的淤泥清開，讓溪水能夠順利的流經原本的河道，松鼠與鳥叫聲也就能夠恢復了。」大河顯然意猶未盡的比畫著說。

「我能夠想像。但女孩子，我是指大部分的，還是比較喜歡玩派對遊戲，容易上手，且能夠很多人一起同遊。女生對於人與人之間的交流，是很看重的。」張小熙暗示著大河，不要再來一場了。

「《Agricola》沒有讓妳和我有交流感嗎？」

「沒有。你不覺得做愛比較有交流感嗎？」張小熙坦率的說，露出她天真自然的笑，像是完全不同的兩件事。有種天使與惡魔並列的感覺。

大河靦腆的笑了笑，但他因為聽到這樣直接露骨的用語，心跳仍像突如其來的地震晃了一下。

「說的也是。但因為專注於某一個課題，是所有投入者都參與的。好比是一個哲學討論，所有人都圍繞在這個哲學議題上思考，打算進入這個思考範疇的核心。可以想像一下所有人一同爬上那巴比倫之塔的樣子。那麼當一個人在面對矗立於自己面前的巨大問題時，也能夠感受到所有人在面對這棟巨大建築所產生的思路歷程。鬥智的、有層次的、焦慮的、喜悅的、突破界限的，各種心情與想法，像讚頌的禱文不斷從腦海中、從耳際出現。這個時候，我是指當人面對了和別人同樣的問題時，那種強烈的感同身受就會出現。而妳所謂的交流，就在這時候像火柴與乾草一樣的，燃燒出旺烈的火焰。」

張小熙不置可否。她把最後的魷魚吃完，挪了挪還剩下半杯、已經退冰的綠茶。「我還是比較喜歡直接一點的東西，你知道的，就像我們跳舞那樣。身體是通往最神聖國度的捷徑喔，這是所有生物都能夠體悟且改變不了的事實，這你不否認吧？」

「那我想我們該回去了。」大河將複雜細瑣的指示物小零件、卡牌、板塊收進紙盒箱裡。這一款桌遊基本板就重達三公斤。把帳結了：「我完全認同妳說的。我們所討論的議題啊，是不衝突且同時存在的，就像照鏡子一樣，是兩件很類似的物件，但不一定是同範疇的。都是哲理的一種。」

「你講太繞了，你想要說，做愛和哲學，其實是同一件事情吧？」張小熙糾正大河，他露出了一個「大概是這樣吧」的表情。

走出桌遊店，他們從和平路往捷運站的方向走去時，大河在百貨公司那邊，看見了對面那一幢的大飯店，有一個和自己長得非常相似的人走了進去。

他不禁懷疑，世界上仍有那麼相似的物體存在啊。

最後他歸咎於自己的眼花，不再去細究，讓張小熙挽著，準備去搭捷運。

因為做愛也是非常重要的事情。

40 殺掉麵爺的那時刻

怎麼想都不合常理。

麵爺並沒有太大的動作。不，這並不可能，要進房以前，已先讓人進房察看，自己也在不久後進房察看，確實並無異狀。是一間舒適高雅的空房。身邊的人離開房間後，打算先洗個澡，再換上舒適的浴袍，準備待會和女人的人獸之戰。

難不成是洗澡時從房間偷闖進來的？這不是不可能，但難度高了。小伙子看起來心情不錯，一派漫不經心的樣子。對方從浴室走出來時，好像有種目標終於到了的感覺，那不像是從外面偷溜進來的臉色。

麵爺看著用手勢指著自己的小伙子，年約20多歲，臉上還有些稚氣，但他銳利的眼神讓行走江湖已久的麵爺也不禁打了冷顫。那是輕易殺掉一個人也不會皺一下眉頭的，經過長時間萃煉出來的眼神。

相當會察言觀色的麵爺是懂的，但他不確定這樣老練的判別力還有沒有下一次派上用場的機會。對方比了噤聲的手勢，大概還不會馬上對自己動手。

這傢伙就打算靠著槍型手勢來威嚇自己不成？麵爺卻感覺這手勢給自己造成的莫大壓力，彷彿那就是一把真槍。背部微微沁出了汗。麵爺相信行走江湖多年的本能，那動物般的本能讓自己數十年來都存活了下來。決定先不輕舉妄動。

「是誰讓你來的？」麵爺在床緣坐了下來，往後挪，讓自己的腰靠在枕頭的位子。是個舒適的坐姿，什麼風浪沒見過。

最要緊的是枕頭下還藏有剛進浴室前，安置在底下的槍。

小伙子仍用手指著麵爺，並沒有回答他的問題，反而自顧自說著：「我們來玩個遊戲，如果你贏了呢，我等等就會從門口離開，而你會活下來。要是你輸了呢，很抱歉，你將什麼也都不知道的死去。但那太可憐了，所以我可以先告訴你，沒有人派我來。而且我總有種感覺，那就是你非死不可囉。」

小伙子說完後，從他牛仔褲右前方的口袋，掏出類似紙盒的物件，是一副牌。他把牌丟在床上：「把牌盒撕開，抽掉鬼牌後，再洗洗牌。」

麵爺照了做。在抽掉鬼牌的同時，他知道這是一副再平常不過的紙牌，而這個動作也順便讓自己檢查了這副牌，目前沒看到什麼不尋常的。牌是新的。不知道要玩什麼，想讓我知道這是個公平的遊戲？

「我想想，嗯，好像不能是太困難的遊戲。出門前隨意從麻將桌旁摸了出來，還沒細想呢。有了，」小伙子不知道在自言自語什麼，他開始講解規則：「我們就抽一張比大吧，A最大，2最小。花色的順序則是國際規定，黑桃、紅桃、紅磚、黑梅。你不會不知道。」

「就這麼簡單？你沒做什麼鬼吧？」麵爺喜歡這個遊戲，目前看來是公平的，而且不用挪動位子。他得想辦法讓自己維持在這個離枕頭很近的地方，那把槍能救命。

小伙子的手勢仍指著自己。麵爺盯著它瞧，如果輸了，就立刻動手反擊，絕不遲疑。一隻人類的手，就算指頭裡真的有安裝槍械火藥，開槍應該會痛，會痛，你就會遲疑。那時就要你的命。

「沒做鬼。快，牌洗差不多了吧？好，你先選你的。」

麵爺從床上狠狠盯著他的臉瞧，不，這臉沒見過，不是仇家。他發狠的看著對方，有機會一定要你的命，沒人敢威脅老子。抽出了一張牌。

黑桃，K。

麵爺並沒有高興太早，誰知道這牌是誰養的？

「好，這張是你的。接下來你再抽，抽出來那張是我的。」小伙子淡淡的說，果然像在玩遊戲。讓我抽牌，證明自己沒有做鬼。麵爺盯著攤開在床單上、成一拱形的牌，自己像要有透視眼似的，非要看透這副牌不可。他一呼一吸，讓自己全身細胞舒展而開，以便於進入最敏捷的狀態，隨時搶槍。

「還是不願意告訴我，為什麼要殺我嗎？」說說話分散對方注意力。麵爺全神貫注，還是抽牌前先動手吧？

「我想想看，」小伙子換了左手，仍用槍勢只著麵爺。右手是酸了？他用右手搓摸自己的下巴，還真的認真思考了起來：「你對我來說是有害的，但如果我現在先殺了你，你在未來就不會對我造成傷害。嗯，這樣說的確沒錯。就是這樣。」

這，什麼跟什麼？

「這樣吧，不如你放過我這回，我們算是扯平，我也絕對不會再和你計較這些。從今往後，井水不犯河水，各過各的，互不相干，行不？」放你媽的狗屁，等下你一鬆懈，老子就從枕頭後掏出槍斃了你！

麵爺相當和緩的說出違心之論，毫無破綻。

槍型手勢仍直直指著自己，麵爺心想，得再等等，她就快來了。就等她按門鈴。一按門鈴，這小伙子一分心，立刻崩了他！

「等下有人會來吧？我想我們就不等了，快抽吧。」小伙子並非看出麵爺的心思，而是他早就知道那個人待會會出現，還有要做的事。

甯安啊。眼前這個人注定是會死的，只是是由誰下的手罷了。小伙子暗自心想。

麵爺被說破心事，眼看沒有辦法，豁了出去，狠狠抽出一張牌。翻開。

黑梅A。

「操。」

麵爺的手伸進枕頭底下，才正要掏出那把槍，只見那小伙子不疾不徐，手指頭一扳，竟發出槍一般的聲響，麵爺就與世界沒有任何關聯了。他怎麼也想不透自己到底是怎麼死的，眼前一黑，入了帳。

「有時候命運還是得相信的。」小伙子的手指還冒著煙，但沒有任何味道。

他將紙牌收回盒中，塞入原來的右前方口袋，「至少你在人世間的最後一刻，好好的玩了一場遊戲啊，值得了。」

這個小伙子還並不知道，有人幫自己取了一個綽號，叫做槍哥。

41 獵神再度出手

三餐簡單解決就好，甯安是這麼想的，所以她叫大河順路帶披薩過來。已經事先問過他是否要吃披薩的意願了。

「沒問題，我很喜歡吃。」電話裡的大河是這麼說的。她也從大河的聲音聽出，那確實是真心喜歡吃披薩的聲音。

今天到底該和大河聊些什麼呢？甯安不知道該從何談起。大河和槍哥並不是同一個人，但他們長得很像，簡直一模一樣。就像養樂多罐子，每一瓶都是那個模子做出來的，不會有變形的罐子。

總之先見到大河再說吧。

大河按了門鈴以後，甯安打開門讓他進來。大河提著兩個小披薩、可樂與雞翅盒走進屋裡的時候，香味已經布滿了房間。

「那沙包妳的喔？」大河將披薩放在桌上後，看見那倒在地上、似乎破掉的沙包。

甯安點點頭，只專心拆著披薩的包裝，打開就拿了一片吃，是泡菜豬肉口味的。

「妳洗手了嗎？」大河自己走去可能是浴室的方向要去洗手。

「洗過了。浴室的燈有點慢，不是壞了喔。」因為是小披薩，甯安已經吃掉一塊了。她一邊咀嚼著還在嘴裡的披薩，一邊打開另外一盒章魚燒口味的披薩。

大河拿了兩個杯子，把可樂倒滿，先喝了一口，也加入大戰披薩的行列。

「隨便坐。」甯安沒有坐在沙發上，而是拉了一張塑膠高椅坐著。

「沒問題，我一向隨和。」大河就坐在甯安旁邊，兩人前面一張長型收納式木桌。電視自己播著新聞。

他們都很專心吃著披薩，彼此沒怎麼說話。大河第一次來到甯安租屋處，是三房兩廳的格局。

「自己住嗎？」大河把披薩吞下去以後說。

「嗯哼。」甯安沒有看著大河，似乎注意著正播著的新聞，大河也將注意力放在電視那裡。

那是關於執政黨高官林義仕，向陳杞翔索取高達八千三百萬賄賂的新聞。而這次索賄引起陳杞翔不滿，當下錄音，一舉舉發雜誌、報社與法院，才終於曝光。

錄音檔案裡林義仕態度傲慢，不時口罵三字經，問候陳杞翔他爹他娘：「操，行政院就只有兩個章，院長和我，你說為什麼我一定要拿八千三百萬？他媽的因為老子現在影響力和權力不同了好嗎？爺爺我現在喊水水就結凍！」

加上前面幾件收賄案，一審只被輕判七年的林義仕，口中只喊冤，全不見錄音檔案裡的囂張跋扈：「錄音是偽造的！有人要陷害我！陳杞翔要陷害我！」

且與林義仕此案密切的四個家人，通通被判無罪。林義仕也只是犯了「恐嚇得利罪」，而非「貪污罪」。反倒陳杞翔還要繳納兩百五十萬公益金，被以「貪汙罪」獲得反起訴處分。

還沒等到二審，林義仕的命就沒了。

這一則新聞就是在報導這件事情。據說當時林義仕的母親，正把藏在老家魚池旁的那幾袋用大黑垃圾袋裝滿的鈔票，一張一張的焚毀。她一邊燒一邊疑惑的用閩南語問幫忙燒錢的媳婦說：「這是錢嗎？我怎麼沒見過。」

媳婦心疼老母親沒見過世面，連忙解釋道：「這是美金啦，比較值錢，臺幣現在沒什麼用了。」

林義仕正好回到老家，看見自己辛苦大半輩子掙來的錢正一張一張被燒掉，連忙衝上前去制止：「衝三小！」

但沒想到林義仕才第一個箭步出去，忽然胸窩一陣絞痛，腳一打結，就摔進他們老家的魚池。但老母親和媳婦都沒敢下去救去，因為那是鱷魚池。

那尼羅鱷本來是不吃人的，但他們老家闊氣，唯獨在鱷魚的食物上吝嗇，兩天餵一頓，有時候還只餵斃死豬或瘟疫雞。那三條尼羅鱷以為有活體豬被扔了下來，二話不說衝上前去，一口咬住林義仕。

要等到法醫鑑定後，才知道林義仕其實是死於心肌梗塞的。

警方不排除這是人為殺害。但縱使新聞沒有明說，網路上一堆關於獵神又再次出手的話題已被推文推爆。

獵神的事蹟已是老生常談，見怪不怪。王名嘴在節目上公開指責獵神沒有律法，無視法度，勸告民眾不要一味追從，要組織力量起來反抗。更強調幾位匿名的商界大老、政壇大老早已募上巨資，打著「為民除害」的旗幟要取這獵神的命。

「如果你知道獵神的下落，請撥打以下專線，或來信至……」在魏鷹聰事件一炮而紅的王名嘴，比劃著節目上的號碼說。

甯安專注留意著這一條新聞，大河則繼續吃著他的第四塊小披薩。

42 有不好的預感

「獵神做的。」大河看著電視一邊說，沒有表示立場的說。

「大家都知道。」甯安吃掉手上那最後一口披薩，舔了舔手指。

他們將沒吃完的披薩集中在同一盒裡，把手洗了。甯安對於中餐感到心滿意足，她也滿喜歡吃披薩的。事實上她沒什麼不喜歡吃的東西。

即使是中午，陽光照下來也沒有曬在皮膚上的感覺。越來越冬天了。

「今天找我來，該不會是吃披薩敘舊而已？」大河站起身來，在甯安的屋內四處走動。他說他想要走一走消化消化，甯安表示沒意見。

「嗯哼，可以敘舊，可以不敘舊。」甯安還沒想好要怎麼問大河，是不是有雙胞胎兄弟之類的。

「話說前幾天我看到一個人，在百貨公司前面看到的。」大河並沒有說那天正在和張小熙約會。在屋內來回走動的大河，在甯安面前站定：「那個人長得和我挺像的，雖然只是遠遠一見，但總覺得好像自己從鏡子裡走出來了一樣。」

大河的直覺告訴他，那個人很特別。

啊。甯安聽到這話以後就知道，那個人不是大河的親戚了。「你有追上去嗎？」

大河想了想，那天和張小熙在桌遊店玩完《Agricola》以後，就一起搭捷運回去了，並沒有追上去。正常人也不會特別去追長得和自己很像的人吧。

「沒有，沒追。」大河說。

「我也曾經看過一個和你長得一模一樣的人。」甯安看著站著的大河，他的眼睛、鼻子、耳朵和體型，都和槍哥一樣。或者說，槍哥都和大河一樣。

「那妳有追上去嗎？」

「有啊。」

「後來呢？」

「沒有後來了。」甯安已經知道，大河和槍哥不是同一個人。不，但自己和對方說過話，那說話語調雖然不同大河，但聲音也是大河的。

「沒有後來了。」大河看甯安在想的心事，不像是沒有後來。但也許只是在想別的事情。也許這件事情就先擺著才是，槍哥對於自己這邊，目前看來沒有任何的壞處，也沒有讓自己曝光。既然這樣，繼續追查也無補於事。有一些結就是時間到了，自己就會解開了。如果硬是要追查下去，就只是在用小石子填補大海而已，一點用也沒有。

甯安決定還是去冰箱把切好的蘋果拿出來和大河一起吃好了。

「咦？」大河皺了皺眉頭。

「怎麼了？」

大河像是一隻敏銳的螞蟻，他正用那天線一般的觸角在感應什麼似的，動也不動的讓那觸角專心嗅聞著什麼。也許有大洪水要來侵襲蟻巢了也說不定：「有不好的預感。」

大河走去窗外望了望，才過中午，是個適合吃飽午休的時刻。街道上沒看見什麼人，但對面的公園似乎有人在注意這個方向，那人叼了一根菸，抬著頭正往這裡瞧。或者不是這裡。不，大河知道自己的判斷是準確的，他的預感一向不錯。

甯安已迅速收拾好自己的隨身物品，她並不是憑大河的直覺行事，而是她的本能告訴自己，現在是該走了。也許是大河身上發出來的緊戒感，傳遞給了甯安，就像螞蟻用螞蟻的觸角交談了一樣。

她鎖好大門，從四樓走下樓梯。甯安住的是地方是棟大樓套房。大河說不要搭電梯。

他們走出樓梯，通過電子感應門，穿過大廳，大廳空無一人，警衛不在。走出大樓，大河看見剛才在公園的那人往這裡瞧，在講電話。

甯安想直接穿過公園，走往捷運站。大河從後面叫住了甯安，想要她走別的方向，但甯安已經過街了。住宅區的街上，平日、假日都不太有來車。大河也跟著過街去。

「嘿，等等。」雖然如此大河想要甯安走往另外一個方向。

甯安聽見有人叫住了自己，兩個聲音，嘿。

公園一下多出了四、五人來，每個人都手持棍棒。沒看見刀器那樣尖銳的武器，這夥人還挺善良的，甯安心想。也許只是藏起來而已。

「這到底是什麼治安。」趕到的大河自言自語的說，現在可是正中午的大街上呢。

有路過的民眾已經拿起電話報警了，大河知道這個。還有在三樓觀望的民眾，拿起了手機準備要拍攝。因為攝影載具的普及，現在已經是全民記者的時代，這第一手畫面賣去報章雜誌社都挺值錢的，三樓那錄影的民眾知道有事情正要發生。大河看見甯安住的地方那裡也走來了五、六人，他猜想是剛才搭電梯上去的人。

「有話好說。」甯安像在對空氣說話，只是把聲音從自己的嘴巴裡吐出來，並沒有真正想要對誰說什麼。她知道有些話說了也是白說。

「妳這婊子，屁！」一個染著又紅又紫的頭髮，穿了舌環和鼻環，瘦瘦的男子，拿著細鐵棒說。

甯安疑惑的看著他：「我認識你嗎？是不是認錯人了？」

「臭娘們，還裝蒜！」紅紫髮男說。

甯安還是一臉疑惑的看著他。

記人，從來就不是甯安的專長。她悠悠看著那個好像認識自己的紅紫髮男，瞇起眼睛，像在沙堆中要挖出不小心掉落的彈珠一樣。到底是誰呢？

「妳不會忘記這個吧？」紅紫髮男拉起上衣，露出肋骨的部分。

其他人也紛紛照做，把或左邊或右邊的肋骨露了出來。

甯安當然知道，這些人並不會無冤無仇找上門來。但是她真的已經忘了那些人到底是誰了。被踢斷肋骨的人，已經多到自己都數不清了。這些人並不是穿著同樣色系或款式的衣服，看起來不像是同一路的人。

「我們找了妳好久啊。」拿著球棒的胖子說。這個胖子甯安還有點印象，因為肚子的肥肉太多了，要踢斷肋骨要比一般人不容易。

「終於讓我們找到了。」一個暴牙、滿臉痘坑的男子說。

「今天一定要教訓妳！」後面一個戴著眼鏡，路人甲平凡臉的男子說。十秒後將不會再想起他到底長什麼樣子。

這些人，很顯然都是衝著甯安來的。

「大河，你先走。」甯安將隨身包調整好，以免干擾自己的動作。

「我怎麼可能走啊。」大河相當無奈的露出苦笑。而且直覺告訴他，留在甯安這裡似乎比較安全。

忽然一棒打了過來，甯安單手接住，一腳踹向對方的肋骨，一名男子已經痛得倒在地上了。他的左邊肋骨又斷了。

今天甯安一點都不想傷人，從前的恩怨，早就在踢斷肋骨的時候就一筆勾消了才對啊。甯安不知道這只是她自己的一廂情願。

「不要再過來了，我不想動手。」甯安每一個字像開槍似的，字字俐落。

這群要尋仇的哪裡顧及太多，上次是掉以輕心，這次是有備而來，將近十來人，沒有打退堂鼓的道理。一個人動手，所有人就一起上了。

「大河，你自己躲好！」甯安心裡默默的嘆氣，那就別怪我了。

對打鬥完全沒輒的大河，站離甯安遠一點的位子，他怕妨礙到甯安。

仍有兩個人走向大河，要狠狠揍他一頓出氣。反正是女人的朋友，先打一頓就是了。

對打鬥沒有把握的大河，對閃躲相當有心得。那兩名男子揮棍向前，卻無論怎麼揮打，都沾不到大河的邊。大河任憑身體告訴自己的直覺左移右動，行雲流水一般的閃躲起來。
大河一邊閃躲，一邊伺機而動，伸出腿拐子，絆倒了那兩名男子。
這時大河聽見幾聲哀號。都是男性的聲音，那麼甯安就沒事。轉頭一看，幾個被甯安踢倒了男子，就躺在路邊，撫抱著自己的肚腹處。可能肋骨又斷掉了吧。
拿著球棒的男子見機不可失，橫甩一棒，掃向甯安的右膝蓋。
「混帳！」被這群人搞得相當惱怒的甯安，狠狠一踢。
那根球棒在瞬間就被甯安踢爆。那胖子傻在當下，跪跌在地上，緊握球棒的右手腕已經扭傷了。斷裂的木質球棒的前段截，像射出去的子彈飛得好遠好遠。
那幾個男子撞見這一幕，之前肋骨斷掉之處彷彿又疼痛了起來。如果再被那樣的腳力踢掃到，自己就會像球棒一樣，硬生生斷成兩截。
紅紫髮男早就丟下鐵棒，自己先跑掉了。其餘的見狀後也跟著落荒而逃。
大河鬆了一口氣，大概沒事了吧。
那名一開始被打在地上就被人遺忘的戴著眼鏡、路人甲平凡臉的男子，趴在地上，忽然從腰際掏出一把槍來，對準甯安。沒有人發現也沒有人會注意到他。事實上這次來的人沒有一個人認識他，也早把他給忘了。
這把槍是一無是處的他在家努力改造而成的，他唯一的優點是手很巧，但經常被人遺忘。
只聽見槍聲大作。
碰！

那戴著眼鏡、路人甲平凡臉的男子的手爆出血來，改造手槍因受到了衝擊而彈飛出去。

大河維持著伸手指向那平凡臉男子的模樣。情急之下的大河，不知道自己做了什麼事。只因為剛才發現有人拿著槍對準甯安，他只朝對方一揮掌，那手槍就被自己彈飛出去了。

甯安看著杵在原地不知所以然的大河，已經忘了那名戴著眼鏡、路人甲平凡臉的男子。

「槍哥？」甯安疑惑的看著大河說，但大河也沒辦法要解釋什麼。

「沒事就好。」大河拍拍身上的灰塵，即使他剛才沒有跌倒：「看來妳必需要搬家了，別人知道妳住在哪裡，不安全。」

甯安望向自己所住的方向，是啊，好像必需要搬家了。

「披薩都還沒消化，激烈運動對身體不好。」甯安感覺到自己胃裡有些翻攪著：「該午休了。」

她覺得大河和槍哥之間一定有著，沒辦法說明的關聯性。

43 不配稱得上是父親的人

甯安在紫婆婆那附近租了一間公寓，到紫婆婆那裡大概有十分鐘的車程。並不是什麼特別的考量，只是覺得也許會多一些方便。雖然也可以在紫婆婆那裡住著，或是在同一大廈裡租屋，不過甯安還是覺得一個人會好一點。而且從格局與空間來看，那裡的房租大概也貴得嚇人。

最近已經了結幾件案子了，一個月最多兩件，甯安不確定這樣是算多還是算少，至少要比甯安想像中要少多了。性犯罪者不是那麼容易被找到的，這一點以甯安的經驗來說相當清楚，不只是他們善於隱藏，受害者也竭盡所能的將自己給藏匿起來，彷彿自己也有過錯似的。

一般的性犯罪者容易找，但罪大惡極的還是少數。極為少數。

甯安知道犯罪者經常巧妙的利用這一點心理來操作受害者，讓她們不要張揚。拍下性侵時候的照片和影片，要脅如果把自己給抖出來就公諸於世。相當簡單又容易的利用了受害者已經被摔碎的心靈。

染血的甯安知道自己已經回不去了。她大可催眠自己，那些犯罪者都是該死的，自己正在履行的，是別人無法實踐的正義。不用經過法律訴訟，不用經過判決，只要這邊確實掌握住對方的犯罪行為，那就沒有什麼好猶豫的了。

當然最重要的是，真正確切的掌握對方的犯罪。必需要百分之百的確定才行。

甯安又想起獵神這號人物來了，自己現在正在做的，和獵神有什麼不一樣呢？兩個人都在做一些，別人可能很想做但沒辦法做的事情。都違法，都無視律法存在。

甯安不願意想成，自己就是正義，自己就是法律。她想要做的，只是聆聽自己的聲音而已。自己的聲音會告訴自己，該怎麼做。現在的甯安如果不按照那聲音走，就像本體已經前進了，但影子卻沒有跟上，已經不能夠是稱職的影子了。

搬過來新居所已經有一段日子了，甯安把這裡和之前那個地方整理得差不多，基本擺設都沒有變。最重要的是要有空間能夠掛上沙包，對於甯安來說那簡直和呼吸喝水一樣重要。

穿著貼身運動衣褲的甯安單手倒立，一邊想著上一件處理的案件。至少對她而言，案件這個詞讓甯安感到中立、客觀。

那是一位稱不上是父親的人的案件。

他性侵自己的女兒長達數十年，在早些年就產下了一女嬰，也是他孫女。日子過去了，孫女也長成了八、九歲，這名犯罪者除了對女兒下手外，也對自己還在就讀國小的孫女伸出狼爪。

簡單說來就是個人渣。toto轉述說，紫婆婆對這個案件的最大遺憾就是偵查到已經太晚了，沒讓孫女躲過那可恥的爺爺。

那是鄉下一處獨立的老民宅。

甯安佯裝敲錯了門，把對方吵醒。等他一開門，就看見穿著緊身上衣、黑窄裙喝醉酒的甯安，一時色慾薰心，當下就把她抬進屋內，完全沒有對甯安那身都市女子的裝扮起疑心，還以為撿到寶了。半夜喝醉酒、倒在他們家門口的甯安，被那父親給撿了回去要好好「安置照顧」。

當晚的情況卻和甯安想像的不同。

那女兒見父親不但對自己下手，對自己孫女下手，現在還要對一個陌生女孩子下手。從廚房拿了一把菜刀出來，打算要砍死自己的父親。甯安可以感覺到女兒的精神狀態早已到了崩潰邊緣，她二話不說，一醒來就先用手刀把父親給暈了。

並不是攻擊脖子，而是直接朝頭部打去。她知道自己力勁過強，可能直接就弄斷他的脖子了。雖然說那樣也並不可惜就是了。那父親一頭撞上牆壁，暈了過去。甯安隨即上前安撫那女兒，跟她說現在已經沒事了，沒事了，慢慢把對方手上的菜刀卸下，抱著還在顫抖的女兒，其實還只是個年輕女孩。

她還搞不清楚狀況，但眼前這名陌生女孩一下就解脫困境，當下鬆懈下來，嚎啕大哭。接著一名女童也出現在房裡，也抱著自己的母親哭泣。甯安看著相依為命的兩人，一個不過和自己差不多歲數，一個也才國小的年紀。

「我說如果他敢對我孩子出手，我一定殺了他！」那女兒泣不成聲的說。

「所以妳自己保護了妳的女兒。」甯安用一半肯定、一半疑問的句子，想知道實情。

那女孩一邊哭，點了點頭，抱著自己的孩子，兩個人跌坐在地上，好像躲過世界末日似的，盡情嚎啕大哭。

這附近就這一間大院古厝，也沒什麼鄰居，平常要是有動靜，大概也不會驚擾到其他人。一走出磚房，就是蚊子、水田和野草。

甯安把她們先接到紫婆婆那兒安頓幾天。她特別告訴紫婆婆，那小女孩沒事，被母親保護了。紫婆婆鬆了一口氣，就把她們先安頓在大廈。

甯安當下明白紫婆婆這裡，為什麼要租這樣一幢六房的大廈了，有時候紫婆婆也不常住在那裡，儼然是個招待所，原來還有這樣的作用。可以暫時安置一些沒有辦法回去的受害者。

但等到甯安要回去解決那個人渣以後，那人渣已經不在屋裡了。她先是覺得疑惑，打算把屋內有關於裸照什麼的，照片、影像、錄音進行銷毀，但似乎沒有這樣的東西。

但甯安找到一隻手指。

右手掌的尾指。

但就是沒有找到人。

甯安為了不留下多餘的痕跡，把血跡擦了，還找了一只塑膠袋，把手指給裝了帶走。

她把這個情況告訴了toto，只見toto一臉鬱愁，好像看見了什麼不該看見的東西似的。toto望著那手指的表情就是這樣。

「偶爾，我們也會遇到這樣的狀況。」toto說。

因為那對母女現住在這裡，所以她們在隔壁的重訓室談話。

「所以之前也有遇過。」甯安點了點頭，明白了。

「不只是遇過。」toto壓低嗓子，好像要說一個重大祕密似的：「我們還知道是誰做的。」

甯安很少見toto情緒起伏這麼大，她一向是個冷靜的女人：「我們，也就是指紫婆婆也知道的人。」

「當然。」toto走向懸空的拳擊袋，給了它兩小拳：「做這件事情的是個女孩，以前也是我們這邊的人。」

甯安靜靜的聽下去，她想知道原因。以前，也就是現在不是了。

「她叫做張小熙，是紫婆婆的孫女。」toto說。

44 張小熙

小熙很早以前就加入我們了，因為她是紫婆婆的孫女。我很少和妳提紫婆婆的事吧？事實上她還有一個更小的孫子，也許有機會妳會遇到他，他滿常來這棟大廈的。是個可愛的高中男生，叫張洌。

紫婆婆看出小熙有屬於她自己的天分，所以從小就教她合氣道。那是在我認識紫婆婆幾年以後的事情了。當然，就只是純粹教她合氣道而已，至於以後要怎麼運用，那是小熙的事。

凌兒，嗯，我們都不願多提她的事。凌兒以前很照顧小熙的，就像姊姊和妹妹那樣，完美的一對。不只紫婆婆會教小熙合氣道，很大部分的武術，也都是凌兒教她的。她們要讓小熙知道什麼叫做氣，由氣生象，由象入心。交給小熙的東西，不只是表象，更是靈魂層面的事。

大概有十年了喔，凌兒和小熙相處的時間。當然我認識小熙也有那麼長的時間了，那時候我們都是比較熟的一群好姊妹，不過凌兒和小熙的關係走得更近，就像是親姊妹那樣，常住在一塊，一起玩耍，一起睡。

後來，也是唯一一次，我們這邊失手了，凌兒死在麵爺的手上。那時候小熙就變了，她不相信我們這邊原有的做法，我們這邊要的是低調，要的是安靜的把人送到另外一個地方去。那是有人性的做法。

小熙覺得那樣太仁慈了，對於有些稱不上是人的東西來說，人道簡直派不上用場。她是這麼說的。

因為小熙是紫婆婆的孫女，當然不會讓她碰和案子有關的事，也不會讓她擔任務。自從麵爺那件事情以後，小熙就澈底改變了。就像第一滴滴入池水裡的墨水一樣，池水漸漸有了顏色。一開始看不太出來，但隨著滴入的墨水越多，池水也會越來越深，越來越黑。

雖然不知道小熙是怎麼知道我們要下手目標的相關情報，但只要讓她搶先一步，那遭殃的就是那個目標了。失蹤的目標會過很久很久以後才會死亡，而且我們都會收到一些暗示性的東西，最常見的就是右手尾指。

雖然很困難，但我們還是曾找到小熙關住目標的地方。都會是在一個不管你怎麼喊叫都沒人會聽見的地方，已經快要可以成為地獄的地方。那被關住的目標雖然沒了手指，眼睛也被挖掉一顆，骨頭斷的斷、折的折，全身上下幾乎沒有一處完好的地方。但並沒有死，很巧妙的被養活了下來。那要具備相當優渥的醫學知識和技術才做得到，但真的需要到那樣的地步嗎？

小熙是一個很可愛、很有能耐的女孩，從小的時候就是這樣了。現在她的能耐，是用在我們所認為錯的地方，即使她仍是那天真無邪的笑，但是看到她的笑，我知道那裡面已經住著惡魔了。

麵爺是個不容易對付的人，畢竟連凌兒都失手了。我們這邊不得不解決眼前現有的問題，要嘛就是小熙成功的把麵爺劫走，進行凌虐。否則就是主客易位，麵爺活著，小熙死。紫婆婆不會讓這樣的事情發生的，所以那一次找上了妳，和妳有所接觸。當然與妳接觸不只是因為這個因素，不全然是這樣。

還好那時候小熙沒有適當的動手機會吧，我猜，否則我們這邊也是花了一段時間，才著手進行計畫的。大概有什麼東西讓小熙的步調變緩慢了吧。

即使最後也不是由我們自己動手的，但麵爺終究是死了。紫婆婆也可以鬆一口氣，畢竟他太危險了，那並不是一般人，而是牽涉到整個組織運作的一個核心人物。能夠處理掉他且全身而退，也算是為凌兒了一樁事。

小熙有她自己的想法，自己的做法，現在紫婆婆只能夠這樣間接的保護她。雖然並不能夠阻止她，或是改變她什麼，但也許有一天，時間過去了，小熙就會自己明白了。畢竟凌兒也教了她合氣道，交給她自己的「氣」這樣的東西。即使凌兒不在了，但那「氣」已經在小熙的身體裡繼續活了下去。

時間，總是會治療一切的事物的吧？

45 大河的生活（九）

大河這幾天雖然傳了訊息也打了電話，但張小熙就是沒有回電。雖然並不是什麼大不了的事情。原本想找她一起去看電影的。

人就是擁有習性的動物，有些生物會將自己隱藏起來，躲進洞穴或是殼裡，過著只有自己的生活。誰都會這樣的，每個人都需要只有自己的時刻，誰都進不來，找不到自己。

那是有週期性的，有的人經常這麼做，有些人則是偶爾需要躲一陣子。

大河對這樣的事情見怪不怪，因為他懂得尊重。尊重讓他對所有人都有同理心，他知道小熙一定是有自己想要做的事情，想過的生活，所以暫時到那裡去了。那個只有小熙的地方。

大河也有自己的生活。他也曾獨自過著一個人的生活，在期間沒有和任何人聯絡，沒有和任何人說話。把自己關起來，想一些事情。他在想一套遊戲，只要和邏輯有關係的東西，大河都容易沉浸其中，像一顆被融化在咖啡裡的糖，變成了咖啡的一部分。

不知道甯安最近過得怎麼樣。發生上次被攻擊的事件後，她就搬家了。才第一次到甯安那裡吃比薩，就搞得別人搬家。說不定她覺得自己帶霉運，就不再告訴自己新搬的地方在哪裡了。

當然，那也是甯安的選擇，大河尊重那個。甯安也有自己的生物性，過著屬於自己的規律生活，在那規律當中，產生了一個新的週期。就像一星期裡的六日是放假的一樣，時間一到，甯安也會跟著躲起來。

大家都會有想要獨自生活的時候。

46 你好啊張洌

走出14樓的電梯，甯安轉動手把，門是上鎖的。紫婆婆和toto都不在這裡。這個地方不全然算是她們住的地方，紫婆婆有著許多地方。

「這是聰明的做法呵。」紫婆婆說。

那女孩和她的孩子也在上個月安置回家了，大概可以繼續過著屬於自己的人生，但那個不配被稱之為父親的男人卻從此消失不見了。可能已經變成了樹的肥料還是動物的食物什麼的。

如果真有心的話，要完全的讓一個人澈底消失不見，還是有辦法的。

當然，要有一個前提，就是誰都不會再去在意或在乎的一個人。只要不去找，就沒有人會關注一個失蹤已久的人。何況這個也稱不上是人。

甯安並不擔心那個人最後怎麼樣了，即使現在還活著，大概也痛苦的想要死了吧。從聽到toto對於張小熙的描述以後，她開始同情起那些被小熙藏起來的人。說是罪有應得，也是合理的。

但，這些髒活，怎麼會是由一個年輕女孩來做呢？

甯安她們所擔心的不會是那些被小熙帶走的人，而是擔心小熙。

張小熙，究竟在想什麼呢？或者應該問，張小熙是一個怎麼樣的人。甯安不認識，也沒見過的女孩，聽說還是大學生。紫婆婆只是讓她自己做決定，並沒有干涉她的一舉一動。

「有些事情，要自己想明白了，才會有解的。」紫婆婆說。

甯安從口袋裡掏出鑰匙，走進屋裡，一塵不染的屋子，安安靜靜的，沒有莫札特的音樂和toto泡茶的香味。看來已經幾天沒有回來了。她找來了一塊抹布，再把四處簡單擦過一遍。既然都來了，就好好打掃一下好了。

陽台那幾盆紫色系花卉似乎幾天沒喝水了，甯安也順便澆了水。雖然現在是個要冷不冷的冬天，不過盆栽的土壤已經有些乾裂。她用手指伸入土裡，大約兩個指節的深度，測量土壤的濕度如何。嗯，確實需要水分了，雖然還不到植物死亡的絕境，但它們一定很想要喝水了吧。

「啊，阿嬤不在家，toto也不在家。」

在陽台幫花澆水的甯安，聽見背後有一個小男孩的聲音說。她轉過身去，看見了一個清秀的男生，甯安不知道是那衣服寬鬆，還是男孩本身就瘦。他有著一雙澄清的眼睛，也許因為沒有戴眼鏡，給人一種視力很好的感覺。

「甯安，姊姊，對吧？」那男孩說，他走到陽台，接過甯安手上的塑膠灑水器，幫忙植物澆水：「我知道妳喔。還在想這些花沒人照顧呢。」

「你叫什麼名字？」

「張洌。」

「張ㄌㄧㄝˋ？」甯安不知道是哪個字。

「冷洌的洌，冰的部首。」張洌說。

「好少見的名字，是個少見的字。」

「是啊。不過我滿喜歡這個名字的，如果有魔法的話，我會希望自己的冰系屬性的法師喔，能夠施放寒冰或冰椎，操縱暴風雪，一定是一件超級酷的事情。」張洌說起話來充滿稚氣。

「上高中了嗎？」甯安走進屋裡，坐在面陽台的沙發上，她看見澆完水的張洌把紗窗關好，也走了進來，坐在自己旁邊。兩個人就這樣看著那些植物，午後背光，並不刺眼。

「高一，懂事了。」

「我高一的時候也很懂事。」甯安說。心想見到了紫婆婆另外一個孫子了，原來叫做張洌，還滿特別的，熙字常用在男生的名字，卻是個女孩，洌也可以用在女生的名字裡，是個男孩，雖然說都是挺中性的兩個字。甯安喜歡這兩個名字。

「阿嬤不在，我要回去了。謝謝妳幫植物澆水。」張洌起身，望了望四周，走去把玩擺在書櫃上的紙鎮，又放了回去。

「有需要幫忙的地方嗎？」甯安問。

張洌從側背的黑色扁平書包裡，拿出一個《航海王》圖案的資料夾。「想把資料交給阿嬤。」

「資料都是你負責找的？」甯安看著眼前這個瘦瘦的、只比自己高一些的男孩說，「怎麼找到的？」

張洌忽然有些不好意思，像是獲得了什麼功勞被肯定了，下意識順了順自己的頭髮。「去比對網路資料，有一些受害者會把自己的事情，透過匿名的方式說。我自己也架了一個論壇網站，不過並不有名，也不起眼。但也因為討論社群是個相當低調的地方，有些人反而會卸下心防。」

「聽起來似乎並不困難。」甯安想要知道更多的詳情。

「說簡單，也挺簡單的，但簡單都是從困難當中出來的。就像戰爭裡踩過許多屍體，終於存活下來了一樣。在社群裡，不需要註冊，不用留下身分，就可以發言。我也在裡頭，偽裝成受害者，並寫下一些被性侵的事情。一個故事，可以滾出更多的故事，大概算是拋磚引玉吧。」張洌認真的告訴甯安這些事，大概挺相信甯安的，雖然是第一次見面。

「然後再抽絲剝繭，比對真偽，那樣嗎？」甯安眨了眨眼睛，看著這個說大不大，說小不小的男孩張洌。

「論壇只能夠留話，不能夠評論和討論，但可以寄信給管理者。網路上的評論與討論往往都是多餘的，有用的東西很少，有時候對於受害者本身還反而有害，關掉是正確的。我能夠從信件當中，找到蛛絲馬跡，接著事情就比較容易了。」

「做這樣的事情，會讓你困擾嗎？」甯安不確定這個問題是不是夠全面，但應該不是個蠢問題。

「困擾嘛，在技術層面上是沒有。其他網站的瀏覽，阿嬤那邊也有人專門做這樣的事情，我只是負責一個小論壇而已。至於其他方面，也許妳覺得男孩子聽取女性被強暴，在這個身分上會有許多不方便，但我自己倒是挺習以為常的。那只是一個性別的互換而已喔，沒什麼特別的。」

張冽似乎意有所指，但甯安沒有繼續追問。她翻了幾頁資料，似乎只是剛起步的狀態，還需要有人實地走查追蹤，才能得到證實。

「雖然是匿名留言，但行家要做的是，找出網路發出訊息的位子，就能夠掌握對方的住所。」張冽補充說明，並且彎繞了一下稱讚自己，行家。

「我們把資料放在桌面上，你阿嬤就會看見，覺得呢？」甯安仍一邊翻看著資料。

「好啊，雖然我本來打算親手交給她的，順便請她幫我買吃的巧克力。」張冽聽起來和阿嬤的感情很不錯。

「哪一種巧克力？」

「放到嘴巴裡會覺得好吃就可以了。」其實張冽只是想和阿嬤說話而已。當然他也很喜歡巧克力。

「姊姊下次買給你，好嗎？」

張冽點點頭、燦爛的笑了。

正準備把資料放到桌面上時，甯安忽然看到了一筆令人吃驚的資料。

怎麼會這樣呢？

甯安看著還沒被證實的資料，希望那並不是真的。

那是一名已婚之婦，控訴自己與丈夫之間不合理性事的相關留言。

47 找一位孕婦

醫院掛號櫃台仍排滿了人。徐季剛採訪完一則新聞，腦中還在想著要怎麼擬那新聞稿。這樣腥羶色的新聞最容易博得版面了，現在網路新聞發達，點閱率高，就能有穩定的廣告收益。點閱率就是收看的指標。

站在醫院大廳的徐季，一直想著那一份新聞稿該怎麼擬，即使對當事人來說是一件壞事，但新聞對於一般民眾來說，就是可以一邊吃著茶點，一邊聊天，一邊拿出來說嘴的東西。所有的新聞，都只是別人口中的話題而已。

「擁有特殊性癖好的丈夫，喜歡和友人共享自己的妻子。不顧懷孕七個月的妻子反對，丈夫仍持續要求妻子行夫妻之實，並且和兩位友人一同見證此事，甚至參與行房。

「沒料到其中一位友人早已愛慕妻子多年，打算為這位妻子抗拒這樣的行房之事。丈夫卻堅持行房乃是夫妻義務，不可違抗，否則便公開四人一起行房的私密房事。

「一言不合，三個人打了起來，且分別受了輕傷，唯當時在場的妻子一面勸架，一面又要顧及身孕，不慎被推倒，頭部受到撞擊，現今昏迷不醒。身孕似乎也受到影響，現已在剖腹搶救中。

事發之後，丈夫仍堅持是妻子自己不小心跌倒的，與當時的爭執無關，這件事情才在那名丈夫友人的揭露下曝光出來。只見那名丈夫全無悔意，並認為胎兒如有所害，全然是作為母親的照護不周。」—

徐季已經簡單的在腦中草擬的稿子，他拿出隨身攜帶的小筆記，寫上幾個關鍵字。這一則新聞算是有著落了。

「徐季，你怎麼在這裡？」

他一回過神，抬起頭，就看見了剛從醫院大門進來的甯安。

「採訪一則孕婦受害的新聞。妳呢？」徐季將筆記收起來，把筆一起放進了側袋。

甯安倒吸了一口氣，深鎖眉頭，徐季就知道不對了。「我也是來找一位孕婦的。」

48 小月

大河接到了甯安的通知以後，在不久後就趕到了醫院的病房。他看見甯安和一位男士一起在病房裡。

那位男士一見到大河，像是看到什麼不可思議的東西似的，又是驚訝，又像是驚嚇，表情一直在改變，沒辦法猜出對方為什麼對自己會有那樣的反應。好像是看到衰神和財神爺同時出現才會有的表情。大河不能理解的看著這個人。

「這是徐季，是來採訪的記者。我也湊巧認識這個人。」甯安介紹他們兩人，她才想起徐季之所以驚訝，是他第一次見到大河：「這是大河，我朋友。」

徐季像是在腦海中搜尋照片來多次比對似的，一直照看大河的臉，盯得大河不知該如何是好。最後徐季說：「你不是槍哥，你不是。我找的到你。」

一臉茫然的大河，完全不知道這個人在說什麼東西。

病床上躺著的是小月。

大河問起小月身孕的狀況，甯安搖搖頭。那小月呢？這句話大河沒有問出口。

「我們還是先離開病房吧。」大河說，他看了看甯安的意思，只見她也點點頭。「我們不是親人，也不算是摯友，如果是我的話，自己過得不好，就不會想見任何人的。」

甯安走出了病房，徐季和大河也跟了出去。甯安和大河在想小月的事，徐季在想小月和大河的事，各有所思。後來徐季簡單的和大河說了一下小月的前因後果。大河聽了以後，搖搖頭，眉頭又更加緊鎖了。

三人無語，也沒別的事，就各自解散。至少已經都見到小月了。

等到小月有一天醒來，已經認不得任何人了，連自己是誰也忘記了。診療紀錄顯示，她先前精神就已經處於邊緣的狀態，醫師推測是婚姻、懷孕與丈夫給她帶來的壓力。加上後來發生的撞擊與失去，現在小月只能想起國小四年級起床要去上學的那段美好記憶，也就停留在那裡了，那樣讓她覺得很快樂。

49 和小熙說了一件事

「怎麼悶悶不樂的？」旅行回來的小熙見大河一臉苦悶的表情，不禁一問。

大河已經忘了小熙自己消失好一陣子的事，他知道那是一個週期性，每個人都有，小熙會自己出現的，現在小熙回來了。他把小月的事情避重就輕的簡單說了。

「我知道，我有看到那一則新聞。」小熙露出哀傷的樣子，儼然小月也是自己的朋友。

「人生就是這樣的吧，沒有辦法預料，沒有辦法掌控。」大河說。

小熙緊緊的抱著大河，好像大河變成了一隻小熊一樣。

「沒有關係的，活著的人，都還得過著自己的生活，繼續前進喔。前進也是一件非常勇敢的事情，而且我相信小月會醒過來的，真的，會醒過來的。」小熙撫摸著大河的頭髮，大河沒有動靜的讓小熙抱著，什麼也不想動，讓自己好好放空。

「我沒有辦法幫助小月。」大河說。

「你擁有你自己的力量喔，我相信有一天你會幫助更多的人，為這個世界做很多的事情。每個人，無論或大或小，都一定會對這個世界有所幫助的，這個我非常清楚。」張小熙讓大河枕躺在自己的腿上，他們在床上靜靜待著。

大河漸漸累了，睡著了，聽不見小熙說話的聲音了。

「有一些人，終究還是該死的喔。」張小熙只是淡淡說了。

50 小月的丈夫

夜晚總是安靜得很美好。林董一身酒氣的走在路上，不時因為剛才左擁右抱的情景而露出傻笑。那兩個女人叫什麼？美美？露露？她們可真香。他的手掌心還殘留著伸進她們衣裝底下搓揉乳房的觸感。

有些人天生註定就是勝利者，就像自己這樣，從小要什麼有什麼。所說的話，父母從來就不會說不。讀書方面很優秀，成績一直很好，一路念上去，知名國際貿易管理學系碩士班畢業，沒有讓家人失望。有好的表現，就有好的待遇。才一畢業，林董就進了父親的公司，父親幫他買了房子車子、安了家，娶了一個安靜聽話的老婆。

老婆雖然看起來挺乖順，但做愛這件事情相當開放配合，這讓他很欣慰。他想要自己進入女體內的勇猛能夠流傳於世，便自己製作影片，甚至開放現場直播。有時候會和友人玩玩換妻的遊戲，這個叫做上道。還好自己的老婆還挺上道的。

最近不知怎麼的，她忽然抗拒起來了？說是有身孕的緣故，呸！分明就是和老張有一腿！她一定是因為和老張睡過而日久生情，他是個什麼東西！林董越想越氣，老張那什麼屌，能夠讓自己的老婆欲仙欲死？還幫她說話求情，分明就是私下通姦。

對於最近發生的事情，林總越想越氣。他想在路口攔一輛計程車，還是打電話叫車比較快？

「林董，你怎麼在這裡？」他聽到有一個甜美的聲音說。

回過頭看，一個沒見過的可愛女孩子，正向他招手，一臉甜美的笑意。應該只是個大學生的年紀吧？我認識那麼可愛的小女生嗎？

她穿著短熱褲，彷彿只有包住臀部，底下一雙修長的腿，看起來又嫩又白。林董不禁嚥了嚥口水，今天都還沒吃到正餐呢。

「你不記得我了？」那女孩問。

林董只是笑，醉意讓他覺得這個世界是美好的。

「到我那裡去吧，讓你好好記得我喔。」女孩的聲音聽起來很勾惑人。「我會讓你很難忘的，好嗎？到我那裡一個難忘的地方。」

「妳叫什麼名字？」林董摟著她，要親吻她的脖子，聞到年輕肉體的美味。

「叫我小熙就可以了，比較好記。」張小熙迫不及待想把他給帶回家，好好豢養起來。

「這個名字好聽，我喜歡。」林總搓撫她的手臂，想壓上她。

「會讓你記住我的喔。」張小熙像是在哄騙一個不懂事的小孩，乖乖，乖喔。

兩個人就這樣消失在夜色裡了。

51　張小熙的遊戲

全身有種說不上來的沉重，林董覺得自己好像睡了一整年似的，正要從千年古墓裡活了起來。似乎是個簡陋的屋子，可能是鐵皮加蓋的。他覺得自己的雙手好像很麻，有一種被綁住的感覺，想要試著活動活動它們，動動手指，卻感覺不到手指是怎麼動的。

他舉起手來，沒有被綁住，但林董並沒有「太好了可以鬆一口氣」的感覺，有一瞬間他以為是自己的錯覺。等到他明白這是事實以後，嚇得尿了褲子，想要坐起來，卻發現自己被腰帶束綁在一塊鐵板上動彈不得。

他的手掌沒有了。兩隻手掌都不在，血似乎止住了，被人用繃帶包捆住。雖然眼睛看不到，看他知道手掌已經不在了。一個人失去了手掌，是可以感覺出來的。

「沒有綁住你的手，對你很好吧。」張小熙一派輕鬆的笑著說：「你在找東西啊？我放在你旁邊啊，用水泡著呢～」

林董往旁邊一看，他的胃開始抽搐，忽然吐了出來，像要把一整年吃過的東西都吐出來似的。

旁邊的玻璃罐裡頭，裝著兩隻手掌。玻璃罐旁邊還放著一隻手錶。

「幫你留著，我人超好的吧。」張小熙一臉少女漫畫可愛到極點的笑。

林董驚悚的快要暈厥過去，但他沒有，因為他知道這一暈過去，身上少掉的東西會更多。但不暈過去，精神上已經到了邊界，現在就算放一萬條毒蛇在自己身上，也不會覺得恐怖了，因為眼前這個叫做張小熙的女孩，比任何的想像都要恐怖。

「你沒犯什麼錯，我想想看。」張小熙像是在計算什麼似的，還一邊扳手指數著：「沒有性侵，似乎都是花錢解決的，很公道，很好。不過似乎做過迷姦友人這樣的事情，有吧？」

林董搖搖頭。

「你可以說實話，也可以說謊，和我都沒關係，你以為這兩者對我來說有分別嗎？」張小熙順手拿起旁邊一把看起來不怎麼鋒利的水果刀，在林董的腿上輕輕畫了一刀，痛得他哭叫了出來。

附近非常的安靜，彷彿這個世上只剩下自己和眼前這個惡女。叫破喉嚨也沒用吧，不然為什麼嘴巴沒被摀住？

「不錯，感覺神經還在，很好。」張小熙像在讚美一個幼稚園的小朋友那樣說。「再問一次？有嗎？」

林董雙臉是淚、委屈又恐懼的點點頭。

「乖孩子，我最喜歡誠實的孩子。」張小熙摸摸他的頭，好乖喔。「幾個？」

「2個？」林董掩飾自己的不確定說。

「答錯囉。」張小熙又在林總的腿上畫了一刀，她在畫一個叉叉。

林董已經尿到沒有任何尿液了，仍痛哭叫著。其實傷口劃得並不深，但恐懼會讓人感覺到並不存在的痛。失去了手掌的林董，心寒得看不見任何一道光。

「你少算一個吧？那個人叫做小月對吧？」張小熙那一慣的笑意說。

林董不敢說出那是我的老婆，不算強姦。他知道說出口就遭殃，但現在有遭不遭殃的區別嗎？

「雖然我們無冤無仇，但沒辦法。」張小熙嘆了一口氣，好像哀傷一隻小兔子死掉的說：「她是我男朋友的朋友，你讓我男朋友不高興，所以我也很不高興，唉唷，真可憐。」

在林董暈過去以前，他看到張小熙搬出好大一只工具箱，裡頭彷彿裝滿了世界上所有的刑具。連看都沒看過的刑具。

52 消失的林董

「到底怎麼樣了？」坐在公園長椅上的甯安問。

是一個看起來不會有任何變故的、正常的大白天。

徐季陷入沉思，他抽了一口菸以後，集中精神，想要找出那個人。甯安見徐季又像上次那樣，身上彷彿冒出了白煙，微微的，並不明顯。她是問了才知道，原來事前抽菸只是徐季的習慣，不抽菸他也是能夠找人的。

已經嘗試好一段時間了。徐季最後一次集中精神後，嘆了一口氣，搖搖頭。

「找不到？」甯安也沒有很焦慮，只是在想為什麼找不到，這個人對自己來說不是太重要。

「通常這樣只會有兩種狀況。一種是特殊狀況，像槍哥那樣，但幾乎不會有這樣的事情發生，槍哥是唯一一例。另外一種，」徐季用手背擦了擦額頭上的汗：「就是要找的人，已經死了。」

「死了？」

「嗯，有很大的可能，已經死了。」

甯安百思不得其解的想，小月的丈夫，現在已經不在了。是誰下的手呢？沒有頭緒。但如果死了，不就正好？不，她覺得自己不應該這麼想，這是道德問題。不過如果對方不講道德，還需要考慮道德問題嗎？那樣的人，似乎沒有排上同情心的名單裡。

如果真的要寬恕這種人，唯一的解釋只有，包容與釋懷，人類之愛的道德極致。和殺人犯講人權、和強姦犯講法律，都建立在這些道德之上。

風吹來，已經開始有些冷了，公園裡有冬天的味道。只有冬日白天適合在公園裡隨坐與閒晃。甯安不去想這個問題了，因為自己也會被歸類在殺人犯裡頭，如果有一天犯錯了，自己會求寬恕嗎？

「又是一條大新聞，我得查查。」徐季原本想要點一根菸，拿出那包七星，又推回口袋。算了，不要讓女孩子沾到菸味。

「你想找出兇手？」甯安回過神來。

「有人死，就表示有人動手，有人犯罪。」喜歡開玩笑的徐季，拿出記者應有的專業說。或者，那是他本來就有的正義。

「所以你覺得一個壞人死了，殺了他的不管是誰，都要找出來。」甯安用A這個問題在問關於自己的B這件事。

「那不是我要考慮的問題，我只負責找出自己想知道的答案，誰殺了誰、有沒有罪，那是法官的職責。」徐季一板一眼的說出自己認為的實話。

「明白了。」甯安沒有任何想要辯駁的，她也無須追問。

「怎麼？關心起殺人兇手？」徐季又恢復以往的調笑。

甯安卻一表正經的回答：「我不稱那叫殺人兇手，那是處刑者。」

徐季摸了一鼻子灰，不知道甯安在生氣什麼。他忽然想起一件很重要的事，也順便轉移甯安的注意力，問：「對了，妳早就知道了吧？我問妳，槍哥和大河是怎麼一回事？」

徐季想起這兩個長得一模一樣的人，他也知道他們不是同一個人。徐季用自己的能力查過，可以找到大河，但仍然找不到槍哥。

「一開始我也納悶，但後來就沒再去管這件事情了。有些東西怎麼找，也全然找不著的，但也許那些東西時間一到，就會自己跑出來了。」甯安聽到徐季這樣問，想起他的為人，自己也不怎麼認識，挺有警戒心的說：「對了，提醒你，不要再跟蹤我了，如果讓我知道……」

甯安無意間露出的眼神，讓徐季打了冷顫。那是野狼發現獵人正在設置陷阱時，獵殺與警告的眼神。甯安沒有說出讓她知道以後會怎麼樣，但徐季不想知道。

他告訴自己，一定要壓抑自己想跟蹤誰就跟蹤誰的壞習慣，否則早晚有一天會害死自己的。結果徐季沒有從甯安口中問出什麼，他在想也許跟蹤大河說不定就可以找到和槍哥有關的線索。

但自己為什麼那麼執著於槍哥這個人的存在呢？徐季自己也不明白，找不到一個人又怎麼樣呢？世界上所找不到的人，本來就比找到的要多很多。

但就是那個人，讓徐季有在沙堆中看見一顆金子的感覺。

世上唯一找不到的人。

世界上，沒有自己找不到的人！

53 大河的生活一如往常的開始了

大河還是沒有辦法解釋上次和甯安一起遇襲時所發生的事。

甯安搬家以後，也沒有追問自己什麼，也許她什麼也沒有看到吧，但大河自己清楚，當時確實做了什麼事情，讓戴著眼鏡、路人甲平凡臉男子手上那把改造手槍脫手。大河沒辦法解釋這個。

大河不能夠解釋的東西還很多，他的預感總是精準的。那精準的程度有時候連自己都會覺得不可思議，就像買樂透就一定會中一樣。但他並沒有那麼做，只是偶一為之。

百分之百，另一層面就是宿命，宿命是不能改變的。當每一次的預料都是準確的時候，那會讓大河從心底感覺到害怕，彷彿有一口井，那口井會透露將會發生的事。更正確來說，大河覺得自己就像是站在未來的時間點上，看到了什麼東西似的。

這是比預知還要預知的能力。

那只是大河對於自己身上的一種感覺而已。他知道出門要不要帶傘，也幾乎知道今天樂透號碼會開幾號。

幾乎知道，因為他曾經嘗試預測過，在六個號碼當中，每一次能夠預測到的號碼平均是四個。這是一個遊戲，六個號碼裡，有兩個是錯的，是哪兩個呢？大河終究找不出來。

他覺得是還找不出來，說不定有一天自己能夠預測完全。

但那一天到來以後，又如何呢？他感覺到不好的事情也會跟著降臨。

大河相信這個想法，因為他的預感總是準確的，所以他儘量不去觸及這一方面的事情。

在自己身上沒辦法解釋的東西，實在太多了。就連上次彈開改造手槍也是，沒辦法理解自己是怎麼做到的。那感覺不像是自己射出了什麼東西，而是改變了在空間當中的什麼東西。

就像拼圖，自己拿走了一片而已。就這樣。

許多事情，是無法追究的吧？

大河來到小熙的住處，但她又不在家，不知道去哪裡了。上一次見到她，是小月發生事情的時候，怎麼會這樣呢？從前安安靜靜的小月，懷了孕，結了婚，過著屬於自己的人生。即使是多重性伴侶這樣的事，大河也並不覺得意外，每個人有每個人的選擇，大河尊重那個選擇。

只能算在遇人不淑這件事情的頭上了。

高中的小月經常安靜坐在自己的位子上看書，都在看科普類的相關書籍。班上同學如果數學遇到不懂的地方，向小月請教，小月也都會耐心的幫同學解答。大河自己也常有不懂的數學問題，會去找小月討論。在班上，就屬自己和小月兩個人的數學能力最高了。大河喜歡任何遊戲，數學對他來說，就是一個好遊戲。

現在的小月，已經不是原來那個小月了。

時過境遷，出社會以後，並不是每個同學都有聯絡，大河在一個團體裡的時候，都非常積極的做好自己的角色、本分與責任。只要一離開，大河就會完全抽離掉，不太和原來那個團體有所聯絡。幾乎是一點都不眷戀的澈底斬斷關係。畢竟還有下一個階段要去，大河會進入到新的團體，繼續成為自己理想的大河。善於人際，俐落。

大家應該都過得很好吧？大河知道所謂的好不好，從網路社群消息是看不出來的，沒有人會把自己過得不好的一面放到網路上去分享。那個平台是歡樂交際的平台，分享喜歡的音樂，分享晚餐聚會的美食照片，就是那樣的地方。

少數有在聯絡的人，就剩下甯安了。

沒有找到小熙的大河，只好買了對面的雞排以後，自己回去了。林媽媽香雞排是大河吃過最好吃的雞排。

54 性的合法與否

「似乎有些遠？」甯安看到案主的資料遠在東部鄉下之地。

「犯罪沒有所謂的距離。」toto也一起比對著資料。

「當然，我得誇獎這些資料的效率非常好。」有些人就算追到天涯海角，甯安也得把對方找出來，送到更遠的地方去。

「耗費許多資源才搭建起來資訊網絡，現在已經非常穩固了。就像每天會下蛋的雞，不會讓我們空手而回的。」toto說這是紫婆婆費了許多功夫完成的體系，不容小覷。

紫花色系的盆栽漸漸收斂了起來，植物也是要過冬天的。兩人在大廈忙著比對犯案資料，一筆一筆嚴格審核，絕不輕易錄取對象目標。只有萬中選一的渣類才會被她們給盯上。

即使存在著很多渣類，但有些不是自己該要算的帳，不能逐一的去揪出來。甯安清楚的知道這一點，她尊重律法，而且相信社會正義。自己能夠做的，只有那些「好運」的人，才會讓自己遇上。

「這份妳看怎麼樣。」toto把書面資料遞給甯安。

一名位於東部的老人，半拐半騙的說服村裡一名由祖母撫養的15歲少女，以每次一百塊的低價進行性交易。老人還做起了生意，讓她以同樣低價私下為窮困村裡的老人們性服務，事後三七拆帳。事件曝光之後，少女被移送感化院，而那名老人以性交易犯罪條例，現已遭到逮捕。

「前一陣子的事，已經被公開了。」甯安讀完資料後，遞還給toto。

「畢竟是少女自願的，雖然不用承擔一半的責任，但她似乎可以決定要不要。當然，許多的情況更是，她無法決定要不要，因為環境的緣故。」toto揉一揉自己的眼睛，看了一個上午的資料，眼睛有了疲態。那是toto鍛鍊不起來的地方。

已經被環境給決定了。甯安繼續翻看其他案主資料，多半都和酒精、藥物有關，許多狀況是當事人沒有保護好自己，最後只能被一口咬定為自願獻身，在法律上站不住腳。翻到下一份資料。

某高中郭姓二年級女學生，日前在網路上被公開放上性愛與自慰的影片，疑似因男友下載網路檔案中毒而導致連結方取得相關影片，並且在網路上公開傳播，三日內已累積高達上百萬的點閱率。郭姓當事人在事後便休學隱姓埋名。數隔多月，警方終於逮捕散布影片的犯罪嫌疑人，並提出訴訟，也因此郭姓女學生的影片再次引起話題，造成第二次瘋狂點閱與下載。

這也挺麻煩的，似乎不是能夠插手的事，警方已逮捕嫌疑人，且當初拍攝影片也是在有共識下拍成的。這帳如果要算，要先從頭到尾清算嫌疑人所散布的影片多寡，造成多少傷害，再決定要不要把他送走。這案件只能先耽擱下來了。甯安把這份資料放置待審的資料夾裡。

「妳贊同性交易除罪化與自由化嗎？」toto把資料擱置在一邊，將整個身體躺在沙發上，休息時間。

「是指花錢嫖妓合法化這件事情嗎？」

「是。」

甯安沒有一絲的考慮：「同意。」

「老實說，我也是。」toto給了甯安一個「我們是同一國」的笑。

「在不合法的情況下，妓女是弱勢的，沒有任何的自主，大多時候還有黑道介入抽成。說好聽是保護，說實話是壓榨。現在網路方便，如果能自己出來做，不靠任何仲介與保護，也是很可行的，完全不需要經他人之手。經手的人多半不安好心。」和toto坐在同一沙發的甯安，也將資料收攏，認真的回答這個問題。

「這與性的個人基本權利有關。在環境允許的情況下，女性擁有身體自主，決定要或不要，這是很合理的。當然一次一百塊就是個混帳價位。這也是供需問題，在身心都準備好的情況下，自己選擇要或不要，比較符合人性，而不是由旁人或是法律來告訴我們女人，該怎麼做才符合社會道德標準。反面來說那只是讓警察與黑道更順利的控制那些女人而已。」toto像是辯方最後一道強而有力的高牆，提出有邏輯條理的辯論。

「結論就是，性交易合法，但是仲介非法。」

「完全同意。」toto把早就整理好的資料交給甯安：「有人必須死。妳看這份資料。」

甯安仔細的翻看了那份資料，她絕對不輕易判決別人的生死。這份資料相當詳細冗長，相當充分齊全，已經可以算是一份精確無誤的判決書了。讀完資料後，她不帶感情的說，似乎還有些怒意：「完全同意，這人必須死。」

55 該死的人

老狗總是在這個時候露出剛射完精一臉舒爽的笑。每次射完後都讓他有種從頭頂到腳趾亂酥麻一陣的感覺。只有男人才會懂的爽度。

即使要五十歲了，那種爽度卻也絲毫不減，但要射出來的前提得要有夠好的媒介才行。女人，年輕的女人，不是自願的女人，被強迫的女人。他喜歡看女人一臉不情願卻仍無可奈何幫自己口交的表情。

老狗喜歡一邊大笑一邊罵女人妳他奶子的賤，超爽的。晚風吹來，神清氣爽，人生到死都如此風流，這輩子不枉費走這一遭。

那些妓女一個個得看自己臉色吃飯，自主戶的妓女要拉客人多半靠網路社群，但社群裡不免有衛道人士私下舉發檢舉色情用戶，因此得經常換帳號。有時候客人一到，才發現他媽竟是個條子。

老狗最喜歡在嫖完後在表明身分，最起碼有個折數。遇到怕事好欺負的新人，連錢都不用給，還保自己下一次有女人上。為什麼就是有那麼好騙的人呢？當然老狗覺得自己最公道，除非遇到真正的菜鳥，否則五折價是跑不了的，對方總會賣個交情，以後好辦事。

娼妓之間有時候也會勾心鬥角，就需要線報，賣的交情就派上用場了。老狗真覺得自己幹這行簡直是聰明絕頂，天衣無縫。有人貪財，他不貪，只好色，已經是天地良心。人民保母要幹得像自己那麼成功，恐怕找不出幾個。

也因為容易被舉報，有人乾脆找老狗當仲介，他有這人脈，有這本事。即使被舉報，老狗這邊也都能夠打通，彼此通風報信，沒事。沒事就是好事。這樣一來只要在他的管轄處，所有的舉報都只是形式上的。娼妓也懂得道理，要就讓黑道抽成，不然就讓白道幹這活。反正不管誰來接這個職，自己這邊安全又有錢賺就好，不礙事。而且白道乾淨，自己也怕被舉報，不敢多惹事，平常你給我一點好處，我還你個人情，相互友好，人生在世，共存是很重要的。

幾個熟識的老鴇，經常會介紹好貨給老狗，有時候新人第一天報到，雖然樣子不好看，但是個處女，老狗也會當作是見習，做做好事，幫對方開開苞。

每次老狗都是那句話，這是天地良心哪。

「你就是老狗。」他忽然聽見有個嗲聲嗲氣的聲音，在喚自己的綽號。

老狗回過頭去，看見一個有一對雄偉乳房被灰色毛衣緊裹的女子，朝著自己笑。

「妳是哪一戶的？沒見過妳，是要來和我談生意的嗎？」老狗見獵心喜，像條望著盤中腿肉的餓狗，口腔內兩側溢出了唾液。老狗吞了下去，也盡是笑，笑得還很媚。

五十歲要有這種笑容，除了看見美女，不會有辦法再這樣笑了，老男人都懂。老狗才剛睡了一個還沒搞清楚狀況的新人，但一見到這女子，陰莖又微微充血了起來。想要射第二次，恐怕得讓這女的用嘴巴服侍服侍。年紀看起來還很輕，可能只有二十出頭，是缺錢花用吧？能找到自己還真有門道呵。

「我沒認錯人，很好，我今晚想要你。」深色窄裙的她全身貼了上去，老狗沒看過塗了口紅那麼好看的唇，真想親吻下去。

真香。老狗聞到女孩身上的味道，他沒聞過那麼自然純粹的香氣，彷彿體內鬱積的汙邪氣息都清澈了，自己像初生的嬰兒一樣乾淨。

老狗想起自己的初戀，那是一個默默的單戀，那時羞澀的自己，不敢輕易吐露心思，連牽女孩子的手都怕。後來被拒絕了，知道世界上不是愛上了就是自己的，他慢慢找到了一條路子，只要有權，只要是自己喜歡的，都會是自己的。老狗有他的辦法。

現在他覺得重新回到懵懂無知的時候，自己只是一個未經世事的少年。一切無憂無慮，無思無愁。睏意漸漸湧上老狗的鼻息，經過呼吸，進入大腦。睡著了。

「乖喔。」女孩說。

下一次老狗醒過來的時候，他會被餓上幾天，每天只有喝水。全身被綁住的他，那女孩會在他的身邊烤肉，那是他萎縮的陽具和睪丸，要讓他越來越餓，越來越想吃東西。女孩想知道老狗最後會不會吃掉自己的睪丸，只為了不要讓自己餓死。

然後老狗還可以吃自己香噴噴被烤過的右腿，應該可以吃上半個月。五十歲的右腿還會好吃嗎？

那天老狗就這樣消失在夜裡了。

56 想念小熙了

雖然並不是在交往，但一陣子沒見到小熙，大河還是挺想念她的。小熙有著讓人忘卻煩惱的笑容，那是大河在這個世上看過最天真無邪的笑。摟著小熙睡著，是一件極幸福的事，但大河從來沒有和她多說過什麼，兩人只是在有需要的時候，需要了彼此，這樣。

這是一種共識，並不是在一起，但也沒有不在一起。從以前在舞蹈社，兩個人就是這樣約會的。無論是那時候還是現在，大河都喜歡這樣的關係，不會太近，也不會太遠。雖然大河有時候會考慮，要不要正式向小熙邀請，彼此走入彼此的世界。

但那樣會有牽絆，會有非見不可的面、非約不可的會。不，大河認識的張小熙不是這樣的人。她是個相當聰慧的女生，即使上了大學，已經不像高中那樣需要每天為功課操心、為考試努力，但小熙仍都是系上的第一名。對她來說好像是簡單又非如此不可的事。

小熙也不會都把時間花在課業上，她喜歡打羽毛球，想要學舞蹈，也經常會和大河到桌遊店學一些從來沒有接觸過的桌遊。小熙是個全方面的人，似乎沒有小熙不感興趣，或是學不會的事情。這一點和自己很像，或者是自己和小熙很像。大河欣賞小熙這樣的特質。

這麼完美的女孩，能夠和自己這樣在一起，只能說是對方看得起自己吧？雖然大河並不認同所謂的愛情，是由一堆美好的條件所拼湊在一起的東西。

大河喜歡小熙，不是因為小熙的美好，而是自己這個主體，喜歡小熙那個主體。這樣而已。

不知道小熙是怎麼想的？

大四的小熙，在學校已經沒有什麼課了，就算幾堂課沒有出現，系上老師也不會當掉那麼優秀又漂亮的學生吧。一陣子沒有見到小熙的大河，好像是一棵原本住著松鼠的樹，但那隻松鼠有一天忽然出門就沒有回來了，讓大樹好擔心。

大河想念小熙了，她又去旅行了喔，只能自己這樣對自己說了。愛情這件事情，大河也是經常想不透。

57 捷運上的瘋少年

找不到小熙，大河只好回去了，他沿著原路要走回捷運站，走過的都是老街。買了一杯位於不起眼巷弄裡，生意卻異常好的烏龍奶茶，像一隻遊走白天路上的街貓，腳步印著小小的孤獨。捷運站一下就走到了。

沿著自動手扶梯而下，大河進到了捷運裡，遇到關口，拿出磁卡刷過。自己像是一個沒有任何人認識的旅人。

站在黃線候著，等待三分鐘，一輛捷運像是宮崎駿動畫作品裡的龍貓公車，一雙夜裡發光的大眼睛從黑暗隧道照出一道強光。慢慢緩了下來，停妥，大河上了那一節最末的車廂。捷運又緩緩開起。龍貓公車跑動了起來。

拉著手環，大河提著那杯烏龍奶茶，還恍著神，覺得有些疲倦，想睡。

他注意到前面兩節車廂似乎有騷動。原本就沒什麼乘客，但他們好像看到什麼可怕的東西似的，紛紛跑離原來的那節車廂。大河走向前去，想一探究竟，前面的幾個乘客卻驚慌失措的退了過來。

「那人瘋了！有瘋子！」一名老人和這一節車廂的人說，一邊往最末邊跑了過去。幾個知道發生什麼事的乘客，像遇難似的往後跑。

大河看見了一個頭髮分岔紊亂、大約二十多歲的男子，手上握著一把尖刀，斜斜的笑著。那笑裡有種終於要解脫的異教徒神情。大河看見那笑，一時也說不上是什麼感覺，但他知道那是神智不清的眼神。這人已經不知道自己在幹什麼，或者他以為自己知道。確實瘋瘋癲癲的。

這個時間點車廂恰好沒太多乘客，否則場面更混亂。大河一面跟著大家往後退，看見許多人拿起包包、雨傘擋在面前，他就只有手上那一杯烏龍奶茶。

「別怕，他才一個人，等等真沒辦法，我們一起拿下他！」一名用公事包擋在面前的上班族說道。

那瘋少年不知怎麼的，自己又竊笑了起來，像是把小動物們都趕往角落去的，食肉動物的優越感。他拿著刀子，一步一步邁向前去，看見一群驚恐的人在躲著自己。

從前，從來就沒有人把瘋少年放在眼裡，他只是一個非常平凡無奇，甚至毫不起眼的人。他想成為英雄，但世界上沒有真正的超級英雄。想要偉大，在這個資本主義社會他也找不到屬於自己的偉大，只能躲在房裡看伊藤潤二的漫畫，下載用凌虐征服女人的限制級單機遊戲。但這些都太虛假了。現在的自己，正在大殺特殺，這才是真正的遊戲。

澈底無知、懶散又懦弱的，瘋了。

忽然車廂一陣震盪，瘋少年晃了一下。

「上！」那名上班族衝向前去，用公事包抵擋瘋少年的刀。後頭尾隨而上的民眾卻遲遲不前，深怕自己被刀器割傷。

上班族豁了出去，異常勇武，幾乎要獨自鎮住那名瘋少年，但車廂又是一晃，他一腳不穩，跌到座位上去，手上還被割了一刀，痛得幾乎握不住公事包。

瘋少年惱羞成怒，一把就要上去殺了那可惡的上班族，就像剛才在前面車廂刺殺的那幾個人一樣。到底是幾個呢？根本就不重要了。

眼見刀就要刺了過去，上班族面露驚恐，臨死之際看見最愛的老婆穿著圍巾在廚房料理晚餐，是自己最愛的泡菜豬肉，正等著自己回去吃。他恐懼的連叫喊也叫不出來，眼睛盯著瘋少年，咒他王八三字經。

握著尖刀的瘋少年，一刀刺了過去。

大河衝向前去，感覺自己這輩子沒有這麼飛速過。

忽然，他疑惑了。整個空間像是沒有動靜了一樣，瘋少年停格住了。再仔細看，車廂的乘客、捷運隧道外的燈、驚恐的上班族都停止動作似的。

大河不知道，並不是時間停止了，而是整個時空跟不上大河那一秒的速度。那時候的大河已經超越了光速。

見機不可失，大河上前要拍掉少年手上的刀，卻發現自己沒辦法碰到瘋少年的身體，或是那刀具。無論如何都沒有辦法。大河處在一個以為能幫上忙，實際上卻於事無補的情狀裡。

只好先處著，只要一恢復，一定會有辦法的吧。

才這麼一想，身旁原本停滯的速度感又開始流動，這時候就算碰到含羞草，也會馬上閉縮起來。整個車廂像是按下播放鍵又動了起來。那瘋少年前一秒才殺暈了頭，這一秒一回神，竟有人擋在自己面前，簡直像憑空出現似的。他的腹部直接撞上那蹲低身子、避開尖刀的大河。

大河一使勁，用身體推撞瘋少年，他一驚之下飛跌了出去。全無妨備的肚腹被大河的手肘撞刺那一下，沒有被肋骨保護到的消化器官，像被長矛刺穿一樣，痛得瘋少年一時站不起來。

躲在後方的乘客見狀，馬上蜂擁上前，一腳踢開他手中的尖刀，團團把他架圍住，剛才又懼又怕的情緒立刻轉怒，還不時踢打瘋少年兩腳。

大河還不確定自己剛才做了什麼，但因為危機解除了，一下子放鬆了下來，直接在那位子上坐了下來。那名上班族撫著自己流血的手臂，向大河道謝，他知道眼前這名男子剛才救了自己。

「只可惜了你的飲料。」那名上班族指了指地上那杯被打翻的飲料，大河才想起來，自己已經沒有烏龍奶茶可以喝了。

捷運靠站後，大夥一起把瘋少年拉架下去，保全接過人犯，將瘋少年綑綁起來。只見他衣上不知道被誰濺到的血漬，仍一臉暢快的得意之笑。大河疑惑的看著這樣的人，究竟在想些什麼呢？一邊和幾個民眾在旁等候警方到場，也許能夠幫忙還原現場，做做筆錄。那名抵抗瘋少年的上班族因為手臂被尖刀劃傷，先送往醫院治療了。

「不好意思，可以和你聊聊剛才的情況嗎？」

有人拍拍大河，他轉過身去，看見那個好像是甯安認識的記者，叫什麼來的。

「你好，記得我嗎？我是徐季！就是甯安的朋友。嗯，其實我們也不太算朋友，就認識。」徐季收起玩笑口吻，展現自己的專業，但話仍然有點多：「我剛好也在車廂裡，不過是在另外一邊，看到你剛才很勇敢，出手救了那名上班族。」

大河點點頭，沒有想要多說話，他感覺到像是從大海游了三千公尺上岸後的那種沉重感，彷彿手臂再也無法划水了一樣。「只是碰巧遇到，又碰巧救了，這樣而已。」

「那我簡單跟你採訪一下就好，不會耽誤太多時間。」徐季看了看瘋少年那邊，都是很重要的採訪資料。

「嗯，好。」大河說。

後來他才知道今天發生的事情全貌，那名瘋少年叫做鄭少捷，好幾個乘客在他一出手毫無妨備的時候被刺殺身亡，以至於後來驚恐的乘客能夠躲過這次的殺害，但也有後來躲避不及被刺殺的。

徐季拿出筆記本和手機，準備紀錄和錄像。手上還提著那杯飲料。

「你也喜歡這家的茶？」大河盯著那杯飲料瞧，那包裝和剛才打翻的那杯烏龍奶茶一模一樣。

徐季像是想到了什麼似的，趕緊澄清：「剛才去拜訪人家，別人請我喝的，不知道是在哪邊買的，這好喝嗎？」

「不錯，我滿喜歡的，所以常常買。整個城市，就只有那一家店而已喔，沒有別的分店。」大河看徐季問得真誠，回他這話。

只見徐季把那杯飲料遞給大河，要請大河喝。

58 社會線

採訪社會新聞多了，會養出一雙「世界就是這個樣子」的眼神。愛耍白癡的徐季，喜歡把自己藏在樂觀與歡笑底下。即使這個世界一直都是這樣，還是得積極過每一天是吧。

最一開始跑新聞的時候，徐季是從社會線開始跑起的。大多數的記者喜歡跑影視娛樂線，一方面看不到社會冷暖，另一方面可以看到光鮮亮麗的大明星。各行各業來說，雖然沒有所謂完全單純的業界，但影視娛樂還是要比社會線歡樂的多，那裡充滿了名氣和錢財。比窮苦而燒炭自殺、為感情毒殺前任情人、吸毒路口搶劫什麼的要正向一些。

但徐季天生就是個跑社會線的料，並不是他能力的緣故，而是他有一只正義的天平。為了秤量這天平是不是平衡的，徐季知道可以從社會事件當中，找到這個答案。即使這一條路有著把動物剝皮那樣的血淋淋，但如果通往真理只有這一條路子，那也必須果斷前行。

他知道表象與真相是不同的，就像自己曾經採訪過的一則新聞，是一位年邁的老父親，領著四十歲大、智能缺陷的兒子，每天上街撿回收、行乞。因為身世可憐，獲得了很多幫助。

徐季到現場走訪一趟，發現老父親只是把兒子當成狗一樣養著，脖子上圈了頸環，時不時拳打腳踢一陣，在家裡也拴著。附近街坊鄰居都知道，但那是別人家的事，也是那老父親唯一收入的方式。

「他們領的捐款和補助，就我們看是合理收入，但如果和那些同樣需要幫助的窮人來說，就優渥多囉。」那里長私下告訴徐季說。

世界一定存在著表象與真相，所有事都是一體兩面的。徐季很早就知道這一點了，比他採訪這第一條新聞的更早以前就知道了。徐季只對社會線有興趣，其次是政治，不過政治經濟線常綁在一塊，他又對經濟大沒興趣，不喜歡太重的銅味，就都在社會線待著，也不想離開。

徐季也算是個中老鳥了，加上自己特殊的能力，其實不管跑什麼線他都沒有影響。在這個人手一機的世代，全民記者的時代已經來了。沒有比火災案發現場，就住在隔壁的鄰居，還要更關切火災、更快抵達現場，還要有效率的人存在了。

當然現場採訪還是必須的，不過為了簡便，到網路上找新聞已經是記者的基本能力之一。徐季也加入了很多爆料網路群組，以至於不管是哪一方面的消息，都能夠最快掌握。畢竟所謂的內幕，就是要內部的人才會知道，所以由內部發出來的消息反而是最快、最可靠的。

有時就算事後再查證，也沒有任何問題。報錯了，就道歉。錯誤的、讓人誤會的新聞，經常也是高收視點閱率的來源。但徐季不常這樣做就是了，因為他不需要這些小手段，就能夠在這個業界輕鬆生存下去。

到後來，有很多獨家畫面，許多根本都是徐季自己拍攝後匿名賣給新聞台的，影星的幽會、名人的行蹤。這個遊戲他玩過一小陣子。玩了幾次以後，徐季也膩了，一來狗仔本來就是一件很不道德的事。他跟蹤只是想偶爾滿足一下施展能力的慾望，否則如果蜘蛛人不吐絲、鋼鐵人不穿裝備、美國隊長不拿盾牌，那不就和平凡人一樣？二來，扎扎實實的去採訪社會線，才是徐季最想做的事情。

例如上一次聽那老翁說著自己的事。說十年前老婆帶著兒女自殺後，自己仍默默在路邊攤擺著紅豆餅生意，過著自己的生活。徐季採訪後坐在路邊抽菸，想讓自己從別人的生命當中，像逛完人生博物館之後，要在閉館前離開那樣，慢慢的讓自己從別人的生命故事當中抽離出來。

那是只有自己當下能夠體會的孤寂感，屬於老翁獨一無二的孤寂感，那讓徐季有活著的感覺。社會線，就是存在著這樣的魅力。即使那魅力是建築在別人生命經歷的苦痛之上，但徐季知道對方如果活著走過以後，就不覺得那是苦痛，而是修練。那一段已經是自己走過、血血肉肉爬出來的一趟惡行修練。

人生就是這樣，有人輕鬆走，有人修羅煉獄裡走一遭，看盡百態。徐季站在一個極為幽魂的位子，聽著那些人的哀嚎與苦痛，並且讓它們成為一則則的新聞，今天讀過以後，別人就會忘記了。

而當事者的人生，才正要開始苦行。

59 跟蹤大河囉

自從看見大河的長相和槍哥一模一樣以後，徐季決定跟蹤大河，他覺得有必要好好跟緊這個人。徐季的直覺告訴自己，大河擁有很多和槍哥有關的線索，即使他的直覺經常是不準的。

問甯安也沒用，而且被跟蹤的這件事曝光，要是再被抓到就不好了，徐季只好放棄甯安那邊的線索。沒有必要的話，他絕對不會再跟蹤甯安。那是指，絕非必要的話。

從大河這邊下手就沒問題了，大河還不認識自己，也不知道自己的能耐。跟蹤大河一段時間，一定可以找到一些什麼的，準沒錯。徐季感覺自己的狗鼻子要找出被埋藏起來的骨頭來了。跟蹤一個人簡直是輕而易舉，他早已駕輕就熟。

跟蹤一陣子以後，只發覺大河是個在廚具公司準時上下班的人，似乎沒有交往對象，不過偶爾會到一個女孩子的住所去過夜。沒有什麼特別的事情，簡直就像火車時刻表，每日準時發車，偶爾會誤點，但不會發生停駛的狀況。

這天徐季就藏在那女孩子家旁邊那條巷子，看見大河在門口等了許久，似乎在打電話。又過了一會，終於不等了，他看見大河往捷運站的方向走去，也悄悄跟在他後頭。不用怕跟丟大河，徐季從來就不是靠肉眼在辦事的，可以相隔遠一點。

那大河買了一杯烏龍奶茶以後，徐季也到那家店裡，買了一杯鐵觀音。他知道整座城市就這一家店，沒有其他分店，生意還不錯，茶味也好，將來有擴張店面的潛力。

大河進捷運站以後，徐季也搭了同樣的手扶梯進入捷運。維持著似有若無的距離，徐季打從心底佩服自己，肯定是這個世界上最厲害的跟蹤者，自己應該要轉行才對。

捷運進站了。看到站在黃線候車的大河進入車廂以後，徐季選了相隔兩節的車廂走了進去。捷運緩緩開動了，徐季提著那杯鐵觀音，心想今天又是沒有收穫的一天，差不多可以結束了。

跟蹤一個人就是這樣，不確定對方那一成不變的生活當中，什麼時候會出現自己想要的東西。大多時候都是無聊的，跟蹤就是一件這樣的事。還好還有這杯鐵觀音可以犒賞自己。

正要放棄的時候，從大河那個方向傳來一陣騷動，有一車廂裡的乘客像是看到鬼一樣的四散出來，好像怕被抓交替一樣。徐季敏銳的察覺有大事要發生，要趕往那節車廂，但一直湧出的乘客像浪潮打來，不斷把自己推往向後。徐季看見一名怪怪的男子，正往大河那邊的車廂過去，手裡竟還握著一把尖刀。

當下提防著，徐季走過那一節車廂時，嚇了一大跳。他看見一名婦人和一名男子倒在兩個不同的位子，上衣滿滿是血，急忙上前查看，那名婦人似乎已經完全沒有生命跡象了，而那名男子也奄奄一息。再看過去，竟還有兩名乘客倒在自己的血泊當中，完全沒了動靜。

徐季見那名瘋少年在前面那節車廂辦他的事，趕緊吆喝其他乘客前來幫忙救人，並叫人打電話報警、叫救護車。確認以後，他緊繃著自己，想要過去瘋少年的那節車廂，忽然看見那車廂裡，一名上班族衝上前去，正用公事包在對付手持尖刀的瘋少年。

沒想到一招未得手，車廂一陣晃動，上班族竟倒了下去！

徐季急忙要衝向前去，但已完全來不及，那名瘋少年持著尖刀要刺殺跌倒的上班族。他的心瞬間糾結了一下，又有一條生命要在自己的眼前死去了。他下意識連結到一次採訪火災現場，眼睜睜看見火場衝出一名全身著火的男子，痛苦的在地上打滾，消防人員急忙向前撲滅火勢，送往醫院。最後還是死了。這個上班族要死了。

死了！

徐季朝瘋少年大吼了出來！

咦？

只見下一秒不知什麼緣故，大河竟然擊退了瘋少年！簡直像是忽然出現擋住了對方一般。隨後看見其他乘客一擁而上，把這名冷血殺手制伏了下來。徐季頓時也鬆了一口氣。

下了車以後，徐季決定要去採訪大河和那名兇殘的殺人犯。他疑惑起剛才大河的舉動，不知道用了什麼樣的方法把瘋少年給擊退的。彷彿才一眨眼，大河就一招結束掉對方。

如果不是剛才經過車廂時，看見有人遭到殺害，否則依徐季的專業，下一秒就會拿出手機來錄影，就可以看清楚大河的動作了。而且回到新聞台也能用這第一手資料。現在得找找現場看有誰錄影下來了。

徐季調整心情，讓自己放鬆些，走上前去向大河攀談。

「你好，記得我嗎？我是徐季！就是甯安的朋友。嗯，其實我們也不太算朋友，就認識。」徐季收起玩笑口吻，展現自己的專業，但話仍然有點多：「我剛好也在車廂裡，不過是在另外一邊，看到你剛才很勇敢，出手救了那名上班族。」

「只是碰巧遇到，又碰巧救了，這樣而已。」他看大河很累的這樣說，其實自己也有些疲倦了。

徐季正準備要拿筆記本和手機出來的時候，瞧見大河正留意自己手上，那杯剛才買的鐵觀音。

「你也喜歡這家的茶？」大河盯著那杯飲料瞧，那包裝和剛才打翻的那杯烏龍奶茶一模一樣。

糟糕！記者是個萬事通，徐季知道那家有名的茶店，只有那一間而已，這一杯當然就是從那邊出來的，自己的行蹤也將要曝光。

「剛才去拜訪人家，別人請我喝的，不知道是在哪邊買的，這好喝嗎？」定了定神，徐季這樣告訴大河。

「不錯，我滿喜歡的，所以常常買。整個城市，就只有那一家店而已喔，沒有別的分店。」大河說，看起來並沒有起什麼疑心。

徐季自己作賊心虛，多疑了。只見大河不再過問，只想著剛才捷運裡所發生的血案。

「請你喝。」徐季把這杯鐵觀音遞給大河，因為他知道就在剛才，大河已經把那杯飲料給打翻了，而且還救了一個人。

徐季結束所有的採訪以後，只想回家倒頭就睡。

這捷運血案實在太混帳了，被那叫鄭少捷的瘋少年殺害的無辜民眾有四人，其中一名是個下個月正要從知名研究所畢業的工程研究人員，就這樣莫名其妙被殺了。徐季認識這人，和對方有採訪的一面之緣。

怒意襲來，徐季不禁想，像這樣的人，如果能夠早一秒被制裁掉就好了。雖然採訪社會線多年，但就在案發現場經歷這一遭，是全然不同的感受。如果今天被殺的是自己呢？

他決定這一陣子不要再搭捷運了，因為從犯罪心理學的角度，接下來幾天是模仿犯的巔峰期，可能還會再發生類似的事，不得不防。雖然只是一閃而過，但徐季還真有點考慮其他適合自己的工作了。

60 有人進來了

最近很多人都莫名其妙的消失了，雖然甯安相信人不可能憑空消失，就算消失了也不會永久消失。靈魂跑掉了，肉體也會留下。

她在電視上看到捷運殺人犯鄭少捷的新聞，過程也在記者的採訪，加上民眾情急下所錄的不完全片段，被簡單還原了。

據說大河當時勇敢的擊退了鄭少捷。甯安看見新聞裡的大河，鎮定冷靜的敘述案發現場狀況。除了四名死者以外，數名傷者也被移送醫院治療。有一名上班族因抵抗而被尖刀割傷了手臂。她也看到了徐季那家新聞台採訪的片段。

甯安並沒有想到徐季跟蹤大河的可能，因為記者出現在案發現場是相當合情合理的。她為大河鬆了一口氣，畢竟大河並不像自己一樣，能夠保護自己。他擁有的只有血肉之軀，會受傷，會死。

鄭少捷的新聞已經又過了三個月。現在捷運又恢復以往的載客量，不過警方仍加派人手與替代役男在捷運站裡加強戒備，深怕有模仿犯出現。網路上只要傳出有人想要模仿鄭少捷，或是把鄭少捷視為偶像的，有關單位都已介入追查。

甯安看到這奇怪的現象，搖搖頭，這些青少年是不是有哪裡被混淆了呢？大概是某種英雄主義式的跟隨吧。畢竟要成為英雄，只有兩種途徑，一是天賦，另外就是努力。不過一般喜歡做夢的人，夢到走火入魔，易呢？

躺著也想成為英雄。需要靠暴力來讓世界關注的人，他的內在世界荒腔走板，卑微到接近變態的成分了。

甯安心想，如果這樣的事情可以被制止就好了，但是沒辦法，事情一定要等到發生了，別人才會知道。

預防勝於治療。等到知道以後，通常已經來不及了。也許和社會壓力有很大的關係，但要改變社會談何容易呢？

她百無聊賴的坐在客廳轉看電視，不看新聞了。

自己正在做的事情，是否就在改變世界呢？甯安不去想這個無聊的問題。因為她的行為並不是因為想要改變什麼，而是只想要讓自己的內心得到安寧而已。不知不覺這些事情，已經變成甯安攬在自己身上的責任了。她這麼覺得。

上一次要找的那名叫做老狗的警員，不可思議的失蹤不見了。甯安想不透為什麼這個目標又憑空消失了。不過人消失，總不會不見的吧？總有一天也會出來的。活著可以看見人，死了可以找到屍體，但就是不可能澈底消失。

不只是甯安要找的老狗消失，現在連鄭少捷也消失不見了。三個月前的新聞之所以又再次重新報導，就因為這件事。

鄭少捷好端端的在監獄裡活動，和獄友打球活動時，忽然消失不見的。根本沒有人知道、或是看到他怎麼不見的。獄方轉達囚犯的說詞，也說是咻一下憑空消失，但這個說法並不被採納，反而還被斥責有意偏袒潛逃出外的鄭少捷。

帶走鄭少捷的人，不是要幫他，就是要害他的。沒別的選擇。

「那個老狗，雖然並不確定，但是很有可能是被小熙給藏起來的，恐怕下場不會太好。我問過阿洌，他說他並沒有把我們這邊的資料拿給他姊姊。」昨天在紫婆婆那裡，她這樣對甯安說：「不過網路資料傳遞太迅速簡便了，這並不是不可能，或者是小熙自己帶走的也說不定。我們這邊仍然會繼續追查隱匿犯罪者的存在，大概會歇息一小陣子，也不會太久。」

紫婆婆最後又說了一遍，不會太久。

甯安走到沙包前面，揮了幾下拳擊。讓拳頭碰觸到東西已是甯安生活的習慣。就像一把每天都必需要磨的利劍，身為武士之必須。她打了一陣子以後，開始鍛鍊自己的核心肌群，先從伏地挺身開始做起。甯安感到汗水一點一滴從皮膚裡沁出的暢快，運動總是讓她有種性愛過後的酣暢淋漓，而且這也能疏導她體內的性慾。好久沒有了。

冬末初春的季節，一切都讓人感覺美好，這時節的風吹過皮膚，都特別的舒服。甯安最喜歡銜接冬天的季節。並不是某個特定的季節，而是秋冬之際和冬春之際，那是兩個季節當中的邊界。就像跨過國際換日線以後，好像就多一天或少一天那樣，是有具體上的意義的。

她沖了澡，把全身仔細抹過一遍，讓溫水淋在細緻有彈性的皮膚上，沖洗掉汗水，讓自己保持乾淨。試著抓撫著胸部，形狀還可以，但還是嫌它太小了一點。甯安繼續專注在洗澡的這件事情上，那也是自己一個重要的儀式。洗過以後，就換了一個人似的，有了全新的自己。

不對勁。

像是有昆蟲誤觸了蜘蛛網那樣的敏銳，甯安關掉熱水，圍上浴巾。她小心的打開浴室的門，謹慎的走了出去，望向比較有可能會被闖入的大門與窗戶那處。

一見到人，緊張的甯安稍稍鬆懈，但仍然直盯著那個人。

「來找我的嗎？」甯安將浴巾綁結之處拉緊了些。

那人點點頭，「先把衣服穿好，我不知道妳正在洗澡。」

「你怎麼進來的？」

那人沒有答話。可能他自己也沒辦法解釋自己是怎麼進來的。

是槍哥。

甯安簡單換了長袖棉褲和長袖墨綠色上衣，那人仍坐在客廳那張木桌的另一邊，拉著張四腳高椅坐著。甯安在他對面坐了下來，她看著大河的臉，不知道該怎麼稱呼對方。槍哥是自己叫的，但對方總有個名字。兩人都坐著了。

「我要說的話，只是讓妳參考，也許把這當作是一場夢會比較好些。其實，我就是大河，但也不是大河。」眼前這個說自己就叫做大河的人，用不可否定的眼神看著甯安：「只是我現在所處的時空位子，和妳所認識的大河不一樣。他在正確的位子，我是從終點站挪移回來的大河。」

甯安完全沒辦法搞清楚這一番話，她的初步理解可能是時空穿越之間的事。

「我希望我能夠不要成為在時空裡移動的人，我應該要是一個正常不過的人才是。」時空大河沒有情緒的說著自己現在的情況，感覺那只是存於他自己身上的某種無法被治癒的病痛，他正努力找尋那解藥：「現在的大河，什麼都還不知道，還沒有變成像我這樣。我必需要讓他保持現狀才行。」

甯安稍微能夠理解一點了，就是讓大河不要變成未來的大河。

她專心聽著未來的大河，接下來所要說的話，甯安知道那些東西非常的重要。

61 未來大河的自述

我嘗試過很多方法，想要改變很多事情。有人說未來是不能夠改變的，這一點基本上是對的，也是錯的。因為我確實改變了一些事情，但就在我改變之後，那些事情從A變成了B。我怎麼知道，B不是原本就會發生的事？說不定被決定好的一條未來，就是A一定會被我變成B。

換句話說，我現在所做的，就是我原本在未來裡會做的。就算再把B變成C，那可能在未來已經發生了，只要我去做的話。

我知道的事情很多，包括每個人在每一條時空裡會發生的事情，只要我去觸碰那條時空線索，事件就會改變。但很有可能，碰觸線索就是被注定的事。

舉個例來說，我殺掉了火爺，因為因他喪命的人很多，他的勢力太大了，導致將來會擁有政權，並且讓國家通過槍枝合法化。知道了這個影響，而讓我這個存在不得不去阻止這件事情。即使過去的我再一次選擇的話，他也會殺掉火爺。現在的大河就是這樣的人。

為什麼？因為這個時空叫做大河的人，有這樣的能力。

那如果，大河從來就沒有這樣的時空能力呢？這是我現在所想到的，最值得一試的辦法。如果他沒有能力，那麼大河就失去選擇的權利。說不定我也就因此不存在了。

我知道的未來太多了，以至於我已經不清楚到底哪一條未來才是真正的未來。幾乎所有可能曾經發生過的，都變成了假象。還沒發生過的，則是另一種假象。這些發生與未發生的事情，都因為我而誕生存在了，如果我不在了呢？這是一個嘗試性強烈的想法，那麼大河就會擁有一個連他自己也不知道的未來。

老實說我並不能隨意的選擇所在的時空，那是有限制的。每一次我在時空裡移動的時候，都必需要找到指引我出口的光，而那道光就在妳身上，甯安。我也不知道是什麼原因。時空移動就像在深夜的海水裡，隨著浪潮四處漂蕩，就只有我一人，也不知道會不會就這樣迷失在海裡死亡。

這海潮是有光指引的，妳就是那道光。

所以在移動的時空當中，我可以決定時間，但空間只能限制在妳所出沒的範圍裡。大概是以妳為圓心，半徑一公里左右的範圍。對於我行事和移動有很大的限制。

我在不斷跳移的時空當中，一邊蒐集資訊，一面找尋關於自身存在的線索。說不定這一切，都只是幻覺，被改變的未來都只是一場場的時空實驗。我說不定就只是個媒介而已。

對於我的時間感來說，有些事情已經被我改變了，但這個時空的大河什麼都還沒開始做，也許讓他維持現況是最好的選擇。當然大河對於自身存在的特殊性早已察覺，雖然自己還不知道為什麼會發生那樣的事，但他會一件一件知曉的。

我不能夠告訴妳要怎麼做，或者是該怎麼做。我只是一個告訴妳一些實情的媒介，接下來的事情，都仍然是由妳自己決定判斷。

62　有一點聽懂話了

甯安試著將這些資訊變成一本本的資料與書籍，試圖擺回到自己的架上。眼前這個自稱穿越時空的大河，能夠自由的在時空裡出沒，而且自己也能夠改變一些什麼。那些什麼，有一些已經在發酵了，而有一些正在被他停止。

「所以說，你什麼都知道？像個未來的百科全書或是電腦那樣？」甯安心裡浮現出好多的問題，能夠知曉未來不是一件很重要的事嗎？甚至可以說是人類極為想要獲得的能力。

「並不是這樣的，要我所體悟過的，或是看到的，才會知道。好比說我可以知道四年後誰是總統，國內發生了什麼大事，只要查一下當時的新聞就可以知道。但如果問我也不認識的人的狀況，除非我移動到那裡，並且真正看到，否則沒辦法知道。」未來的大河向甯安解釋，感覺他好像沒有這個時候的大河擁有的一些東西，是因為在時空裡流浪太久了嗎？

「那表示你一定知道有關於我的事情？」甯安遲疑了一下，在想要不要問這個有點可怕的問題，但她還是決定問了：「包括我什麼時候死的，怎麼死的。因為我是那道光，照你的理說，只要光沒有了，你就不能看到更遠的未來？」

未來的大河本來只想要點點頭，但怕被甯安誤會：「老實說我並不知道妳最後會怎麼樣，因為妳身上存有的萬變性。假設今天妳有十種選擇，明天也有十種選擇，就有一百種可能。每天都有十種選擇的話，會以十的無限次方延伸。依我目前的能力，妳身上太過遙遠的時間，是我沒有辦法到達的，最遠大概是目前的十五年後吧，妳還活著。」

我還活著，聽起來好像就只是活著而已。未來的大河看自己說得不清楚，讓甯安困惑了，又改口說：

「和現在差不多，不會太差，也都很漂亮。」

「嗯。」

甯安想如果把未來都問過一遍，就無聊了，而且據說那個未來現在還一直在變動更改。

「那你告訴我這些，有什麼意義嗎？」甯安看著眼前的大河，因為兩個人說了一陣子話，似乎已經漸漸習慣彼此了，那種時空感被拉近，已經像是在和現在的大河說話的感覺了。越來越親切。

「嗯，最大的意義就是，沒有任何的意義。而且目前完全不會改變未來的任何事情。」未來大河露出只有他知道事情原委與真相的笑，但那笑沒有顯露太多，畢竟自己已經年長甯安好多年了，沉穩還是有的：「不過存在某一種可能，就是改變現在這個大河的可能，我也不知道究竟會不會成。」

甯安看著未來大河正在討論現在的大河，有一種很奇怪的違和感。像是有一隻牛正在討論晚餐的牛排要怎麼煮會比較好吃那樣，太詭異了。

「那麼你能夠到未來去看後來怎麼樣了嗎？我是說在我們現在相遇以後。」甯安在想這個問法應該說的很清楚才是。

「不，我準備要去度假了。」大河一派輕鬆的，像是好像終於談完了一個很重要的商業案，並且達到了目的：「我不該再繼續為此操心，要好好的隨處走一走才是啊，畢竟我所處的時空已經是那個樣子了。而未來的事情，還是得交給現在的人來決定才對。無論是妳，或者是大河。」

這一天，甯安以為聽到了什麼重要的事情，其實什麼也不知道。所有的事物仍有著自己的行徑軌跡在前行的，地球也還在轉動。一個能夠穿越時空的人，也不能改變地球轉動。甯安好像確切知道了什麼，結果到頭來卻發現，只是聽到了一則神奇的故事而已，什麼也沒得到，反而還多了許多悵然。

那是一種宿命的悵然。

未來的大河不見以後，甯安才想起忘了問他，為什麼要殺掉麵爺？

63 張小熙新綁的人

被關在後車廂裡的男子，正沉沉睡著。就和他平常在女孩飲下的飲品裡下藥那樣，一時之間沒有多餘的力氣。那沉睡狀態就像兩三天沒睡，終於回到床上去那樣，沉眠的不會輕易想要從夢裡爬回來。

車子能到的地方，就有可能會出現人。張小熙總格外小心，開著車的她沿著山路拐下，進入一處私闢的路，僅能勉強一輛車通過。那路上都是焦枯的乾葉，掩蓋著不起眼的路。這路上原本有些灌木，都被小熙挖掉了。

一排大盆栽擋住了去處，幾隻土狗看見車子，搖著尾巴，往旁邊退了去。小熙下了車，摸摸那幾條土狗後，將盆栽挪開，把車子開進來，再把盆栽挪好。那幾條土狗圍繞著小熙，已經很習慣她身上獨特微妙的香味，像是某種初盛開的含苞植物。那是男人喜歡聞的味道。

這幾條土狗是台灣犬，也稱為高砂犬，那是小熙在這附近馴服來的，後來便成了看門狗。只要有陌生的人經過，智商高、領悟力強的台灣土狗便會不要命似的發狠的叫。這犬類攻擊力強，但有靈性，只要確實馴服了牠，忠誠度相當高。當然這附近鮮少有人出沒。

這幾條土狗因為吃的東西與平常的狗不一樣，對人吠喊起來，像看見獵物一樣的兇惡。小熙把餵給牠們的食材特別精心處理過，讓牠們吃不出究竟是什麼肉類。即使如此，土狗靈敏的鼻子總能夠隱隱約約感覺到一些什麼，以至於牠們會下意識發狠起來，連牠們也不知道是怎麼回事。

再開一段路，就看見兩處屋子，一間是簡陋的鐵皮屋，另外一棟則是簡約小屋。這棟簡約小屋的主人是凌兒，自從發生一些事以後，有人來做過一次最後整理，就一直擺放在這裡了。後來小熙自己就偷偷搬了進來，還加蓋了那間鐵皮屋。她在幾個地方都蓋了那樣的鐵皮屋，有些是找現成荒廢的屋子直接加以改造而成。

是個簡單雅致的兩層樓屋，牆邊裝潢的橫木採日式風格，門口也是，其餘則都是一般常見的擺設。沒有電視，但有冰箱和簡易餐桌與木椅。

小熙將機子補充咖啡豆以後，磨了一杯咖啡，加了剛才買的一公升的牛奶。把剩下的牛奶放進冰箱，這兩天慢慢喝。咖啡機是後來小熙安裝的，她喜歡用咖啡機沖泡咖啡的恬靜感，聽見豆子在機子裡迅速磨碎的聲音，有種說不出的絕對暴力。只有這樣才磨得出濃厚的香氣啊。

慢慢喝，這兩天有的是時間。

她無意識的在屋裡走來走去，那只是小熙思考的習慣，走動能夠幫助她思考。偶爾看見窗外的翠綠，聽見鳥鳴，會讓她產生不錯的詩意。小熙經常寫詩刊登在詩刊上，也得過幾個詩獎，不過那只是她低調的興趣之一。走動有助於自我思考，小熙停了下來，啜飲一口咖啡，好喝。

該什麼時候要把後車箱裡的那人還給這個世界呢？

64 李崇瑞

那人叫李崇瑞，富二代，平時喜歡結交影視媒體業的模特兒。許多女孩知道他的身家，都很願意認識他，與他做朋友。業界的潛規則是只要有需求就有供給，得有銀子。但那是自願制度，李崇瑞不安於這麼平常安全的現況，他喜歡更刺激的東西。

錄影是他的興趣，和女人上床，許多他都有徵求對方的拍攝意願，但也有例外的。大多都是例外的。

被李崇瑞拐騙回家的女孩，也還沒有機會表示要或不要，被先被藥暈了。在睡夢中不省人事，還搞不清楚狀況，李崇瑞已架好攝影機，讓赤裸的自己在鏡頭前面進入女孩的體內。那藥只讓人昏睡無力，並不會失去知覺，即使在昏迷之中，下體被異物強行進入的時候，還是會有所抵抗。

李崇瑞要的就是這種抵抗。軟弱無力、輕易被自己摧毀的抵抗，一點用也沒有，像用坦克車撞毀農莊柵欄一樣的簡單容易。他一面抽動下半身，看見被自己騎著的女孩，有氣無力的呻吟著，用軟綿綿的雙手想把粗硬的自己推離開身體。那一切都只是白費力氣。

就是要抵抗，事情才會有趣啊。李崇瑞一臉淫氣放肆的在對方體內抽動著，一邊享受毫無招架之力的抵抗。人生走這一遭，澈底值了，別人十世都體會不到的性愛，自己簡單就得到了。

李崇瑞不是個傻子，除了避孕措施沒有做之外，事後的防禦措施都準備妥善了。除了一口咬定是對方酒後亂性、自願性交外，塞錢息事寧人，也很容易。而且性愛影片早已錄製完成，每次當事人一看見不醒人事的自己赤裸裸出現在錄像裡，眼淚就不由自主的滑下來時。李崇瑞的陰莖馬上就又硬了起來。

他就是想看這種不甘心又沒轍的表情。

等到第一對姊妹花受害者到警局報案提告時，李崇瑞早已累積犯下四十多件罪證確鑿的性侵案與妨礙祕密罪狀。

網路上開始瘋傳李崇瑞的性愛影片，還造成警方大力追查此事，要求民眾撤下所有媒體網路分享的載點。有許多散布影像的人也吃上官司，走了地檢署好幾趟。幾個月內在網路上搜索還真一點也搜索不到李崇瑞的性愛影片，得要由國外的載點才連結的到，因為在國內沒法辦。

李崇瑞怎麼也想不到，其實是他自己一時炫耀所犯下的最大失誤。

那天他酒興一來，在網路社群誇耀自己多威猛，睡過哪個女模、上過哪個明星。朋友七嘴八舌，說他胡說，出一張嘴，無憑無據。

「他媽你要是能夠拿出證據，我馬上匯兩百萬給你！」一名也是富二代的闊少說。

「幹，老子就值兩百？五百萬！」

「好！」

就這樣，一群闊少好友開始看見李崇瑞那一條一條上傳的檔案，有些還特別註明了日期和女人姓名，怕友人看不清楚那女星是誰。李崇瑞把對方脫光以後，趴在床上，一時之間覺得跟電視節目上也差了點。

那闊少當晚就把錢匯了過去。就在李崇瑞酒後入睡，幾個友人把影片下載了去，還輾轉讓駭客友人去入侵李崇瑞的電腦，看還有沒有更精彩的東西。其中一個友人把影片上傳到分享網站，賺網站經驗值兼炫耀自己朋友睡過哪個明星。

整件事情就像滾雪球一樣的越滾越大。

那李崇瑞到案後，全無悔意，除了照原定計畫一口咬定是當事人是自願外，喝醉獻身或是有意讓他包養的各種說詞也都有。

「那些女人是要我的錢！我連試一下都不行嗎！沒試怎麼交貨！」李崇瑞在法庭上怒吼。

隨著數次審判，李崇瑞由最初的七年，判刑到了三十年。其中李崇瑞的繼母也被他性侵拍照，這條案件讓他被判刑了十四年。

65 想凌兒姊姊了

那遠遠是不夠的啊。小熙喝完最後一口咖啡，把杯子給洗了。

據祖母那邊蒐證的結果，還有許多被害人沒有出面指認，有一些因為不堪性愛影片與裸照被瘋傳，已過著隱姓埋名的日子。有好些收了李崇瑞那邊的私款，也都不在這個國家裡了。牽扯的人事物太多，一時也無法據查，但該掌握到的都有了。

她從冰箱拿出那罐尚未拆封的蜂蜜，走到樓梯下方拎起擺置在那的一只透明箱物，小熙把箱物放在桌面瞧。只見裡頭爬滿密密麻麻的螞蟻，還有一塊不知道是什麼動物的生肉。

這蟻類在國內是禁止交易的，那是小熙在網上向人私下買的熱帶火蟻，別名紅火蟻。是相當兇悍的蟻類，集體對昆蟲下手時毫不留情，體內擁有相當豐富的毒液，足以在瞬間叮咬時分次注入。因為可葷可素，所以特別好養，但在農業或醫學上來說都是可怕的害蟲。

張小熙望著這些自己也不會特別喜歡的紅火蟻，希望牠們會喜歡吃蜂蜜才好。但一想到這些紅火蟻能夠讓人感到恐懼，又覺得牠們好像也挺可愛的。這個遊戲自己還沒有玩過。

時間還多的是。張小熙到屋子後方，把自己清洗後還晾在後面曬的工具，裝進一只大型的工具箱子。她相當滿意自己的地方是，即使這些工具要用在汙穢不堪的人身上，在每一次的結束以後，小熙仍會勤奮的把這些沾滿鮮血體液的工具給消毒、浸泡、沖刷，最後晾曬。

不能忽略掉任何一個過程，因為洗潔的本身，就是不可或缺的重要儀式。張小熙每次清洗，望著那一把把發亮的銀器鐵器，眼睛都清澄得像積木迷在組裝樂高玩具那樣的虔誠。她覺得這每一個步驟都是必須，少了一個零件，也許樂高摩天輪就轉動不起來了那樣。

只有一件工具是小熙經常汰換的，那是直腸貫通器。不管是哪一次，或是哪一個人，張小熙絕對不會放過觀察犯罪者直腸的這件事情。她自己猜想大概是某種肛門直腸的情結在作祟，女性的陰道被侵犯了，能夠侵犯男性身上的地方，也只能夠從肛門下手了。每一個犯罪者都必需要經過這一道審判之門。

上一次用過這個了，小熙想起來了，是那個叫做老狗的傢伙。從後面塞了不少小鋼珠進去，老狗的表情簡直像是化學藥劑中毒的臉，已經無法測量他的苦痛有多深了。嘖嘖，他還以為這樣就結束了。不，只要自己還有耐性，就不會讓事情太快結束。那是老狗剛被張小熙刑虐的第十二個小時而已。

李崇瑞也是喔，親愛的瑞寶貝，小熙也會好好和你玩玩的。她會心一笑，走到後院去了。

曬刑具的後院，種了些小西紅柿，又別名聖女果或聖女番茄。雖然正值冬末初春的季節，但今年天不太冷，又位處副熱帶氣候，已經又長了不少果實出來。待會再採收一些來吃，小熙相當關心凌兒姊姊之前所種下來的小西紅柿。

「種小顆的多好，又好採，又好看，又方便吃。」小熙記得凌兒姊姊這樣說過，小顆的最好了。「就和我的胸部一樣，呵呵。」

「凌兒姊姊的才不小呢！」那時小熙才國中，正值前青春期，對於和性徵有關的話題，說出口還是會感到相當拗口，但她仍讓自己像個成年女孩似的，板著說平常話的模樣。

小西紅柿後面有一片野生竹林，有時候在下過雨後，還能挖出剛冒芽的筍子。現在正是竹筍生長的最好時節。小熙放下手邊的事，坐在外頭的矮凳上，看著那片竹林出神。她以前經常在這後園和凌兒一起練習合氣道。

「練武，是為了防身。練氣，有時候是為了保護對方，即使對手是有意要攻擊我們的？」凌兒穩住下盤，一邊推出手勢說。

「不讓對方受傷嗎？」那時小熙才正學習合氣道沒多久。

「不要讓對方受多餘的傷。」凌兒來回推撥的手勢當中，似乎有一個氣圈在流動著：「所學的並不是攻擊之術，而是修身養性的道理喔。這兩者必須澈底的分開，才會懂得拿捏取捨。」

兩人經常就這樣弓著步伐，推著手勢，過了一個下午。

張小熙很快就掌握到了這個道理，她的解讀是，修身養性是必須的，攻擊殺戮也是，這兩者必須澈底分開。維持一慣的好心情，一直是當小熙所堅持的，世上有什麼值得哀傷的呢？那是曾經看見盡頭的人，才會明白的道理。

沒什麼值得好哀傷的，活著的人，終究得活下去。不該活著的，也不能夠太容易死去才是啊。死掉就沒有任何價值了喔。

她靜靜望著竹林，讓自己成為竹林與小西紅柿園子的一小部分。張小熙常常就這樣待著冥想，冥想有助於讓她了解存在的本質為何。

張小熙之所以存在，是因為擁有自己的思考與想法。現在的自己，已經是一個有信念的人了。至少被自己抓住的信念，讓自己前進的步履又更大更快了。凌兒姊姊也成為了自己的一部分，成為信念的一部分。現在自己活著，感覺真好。

張小熙將工具箱提進屋內，採了一些小西紅柿以後，將後門鎖上。

「嘿，妳好，我們聊聊？」有一個男子的聲音說道。

像是觸電似的，張小熙一下子警覺了起來，全身每一根寒毛都豎了起來。屋裡怎麼會有人？沒有聽見犬吠的聲音，沒有任何聲響，彷彿他就這樣的出現了。

隨即便收到大河的簡訊：「有人在找妳，自己留意。」

看見門口還沒進來的那個人。

「初次見面，我叫林向海，是個心理醫生。」

66 徐季的奇怪際遇

不只鄭少捷不見了，現在連李崇瑞也失蹤不見了。鄭少捷原本是在獄中，那李崇瑞還只是限制居所，現在傳不到人，傳聞說是畏罪潛逃。

社會上許多光怪陸離的事件，徐季早已見怪不怪了。

每周排休兩日，每天採訪兩條新聞，收工下班。不像以前還是菜鳥的時候，有時候一天要跑四條，簡直坑爹的要人命。但這也必須見怪不怪，資方雇用勞方，是一條資本主義下的公式，勞方產值必須大於工資才行。

徐季坐在公司外的圓形花圃，叼著一根菸，看著馬路來來往往的車輛。他試著讓自己處於閒適的狀態，為什麼不呢？將菸吸入肺部，對徐季來說那就像幫體內的植物施肥澆水。即使大部分的人都會對他說：「抽菸會致癌，小心點。」

就算那是一棵住在肺裡的，大樹好了，徐季也要把他栽植養大，變成一棵擎天大樹。一棵樹根都深扎在自己肺部的樹。

抽菸就是這般爽快。

上午十點多鐘，來往的車輛並不算多，經過這條路的以小客車居多，也有不少還算的上是名貴的車。徐季猜想是因為這條四線幹道有許多的辦公大樓，還有市政府行政中心。只要一過通勤時間，馬路上就會安靜的不像是上班時刻，那是因為都坐進了辦公室裡。許多人也都是搭車來的，那稍微抒解了交通現況。安靜的馬路，偶爾幾輛車經過，連風讓樹枝搖晃的瞬間，都能夠輕易讓視野給捕捉了。又通過了一輛MAZDA的車款。

徐季細細品嘗這一根已燃燒到盡頭的菸，每次一根，就好。雖然自己每天哈菸都哈好幾次。

「徐季，先生，是嗎？」徐季對著馬路吐出那一口菸時，聽見有人在後邊叫他。

他看見一個戴著黑框眼鏡，斯文斯文的男士。穿著藍色長條紋的長袖襯衫。

「是。是我。」徐季吸了最後一口菸，在花圃的石鋪上捻熄菸，從口袋拿出一只鐵製開闔式的名片盒，將菸蒂放進去。他不喜歡隨便丟菸蒂。

那人拿出一張名片，遞給徐季後說：「我叫向海，姓林，是個心理醫生。上面有我服務的單位和我診療室的地址，還有名字。」

徐季看了那名片上的字，果不其然。他向林醫生伸出手，兩人握了，彼此看著對方，都覺得對方似乎有著誠懇的眼神。第一印象很重要，所以無論是記者或是心理醫師，似乎都能夠很快聊起最喜歡的球隊或是生活上的興趣什麼的。但這次沒有，徐季知道無事不登三寶殿，心理醫生會指名要找自己，那就一定有特別的事。

「我應該沒欠過您診療費吧？」一慣的玩笑式開場，徐季撓撓頭。

「沒有，但如果有需要，一定算你便宜，名片剛才給過你了。」向海很上道的回應了，令徐季相當滿意，即使他經常會說一些讓別人不容易接住的冷對白。

「好，說吧，什麼事？」徐季詢問是否就坐在這。向海就在剛才徐季抽煙的花圃坐了下來。

那花圃中間有個小水池，有小庭院，還有一些觀賞植物，半徑大約三公尺半左右。建於這個行政區的中央，汽車開進這裡時，能夠繞著花圃轉。當然，平常也鮮少車輛進來，只有特殊原因才能夠把車子給駛進來，通常是卸貨或是載運才會這麼做。所以算是半個戶外休息區。

「我想找一個人，打聽了一下，聽說徐季先生在找人方面特別有天分，不知能不能幫這個忙？」向海從一本筆記冊裡拿出一張照片，遞給徐季：「不過並不知道是誰，只拍到側臉，這線索不知夠不夠。」

徐季看了那照片，夜晚拍攝的，似乎是用手機拍的，一個女子開著車的側臉，半掩的窗，恰好捕捉到她的臉。

如果是一般人，費上一些功夫，應該也是能夠找到照片裡的女孩。但徐季不用，他只定睛看了幾秒，心裡默默的認了，這個女孩他見過，但不認識，知道住在哪裡。

那一陣子在追蹤大河的時候，看過大河和那女孩外出過幾次，偶爾也會到她那裡過夜。想起在對街漫畫店裡一邊打發時間、一邊等待的那時候，連漫畫店裡那舊書的氣味都想起來了，還不時傳來隔壁林媽媽香雞排的炸雞與胡椒的香味，偶爾餓了還是會買一塊來吃。

徐季看著照片裡的女孩，看起來是在思考要不要接這個案子。他只是讓自己看起來像在考慮，這是一個講價錢的起手式：「找一定找的到，大概花個幾天吧。」

徐季看看對方的表情，在揣摩這個心理醫生私下要找這個女孩做什麼。

「幾天?那最快呢?」向海似乎在擔心時間上的問題。

徐季看向海似乎不想交代明細,但說到人命,卻又謹慎了起來。自己其實如果真要找,幾分鐘就可以知道這個女孩在哪裡了,不過那樣會讓別人覺得太奇怪了,所以徐季一定會說自己需要幾天。

人命哪。徐季在想向海到底是什麼意思。

「你找這個女孩,關係到人命問題,是嗎?」

徐季敏銳的專業告訴自己,這個人一定擁有許多祕密,但這些祕密不容易被挖出來,需要一些時間,和適當的技巧。就像倒斗挖墓一樣,如果方法用錯了,不但寶物沒了,搞不好還傷了自己,得專注才行。徐季將向海的每一字句、每一舉動到每一個細微表情,都安在自己縝密計算之內。

「有一些問題,不容易說清楚的,這些問題就像路過的車輛一樣,常常經過眼前就不見了。一輛接著一輛,一輛又接著一輛,你有看到嗎?」向海的聲音漸漸產生了磁性,柔和輕聲的要徐季看看前面那條馬路,能不能夠看見什麼,「有看見吧,白色的福斯過去以後,是銀色的車,然後又是銀色的車。」

徐季看著這時間沒什麼車潮的馬路,分隔島上有行道樹,對面是一間知名的獨立麵包烘焙坊。沒什麼車,所以很容易辨識。白色的福斯開了過去,然後是銀色的、可能是toyota廠牌的車。再來仍一輛銀色的、不同於前面那輛的轎車。之後有好一陣子就沒再看見車了。麵包烘焙坊的香氣,即使隔了四線道的馬路,仍感覺到暖烘烘、甜甜的香味,讓徐季想要吃一個菠蘿麵包。

「沒錯,你看到了那一輛輛行駛而過的車,那節奏和你心裡面的節奏是一樣平和緩慢的。並不是接連著行駛過去,而是間接的、有距離的,甚至有點出乎意料的一輛一輛過去,不過並沒有違反你理想的那個速度。那是完美的行車速度。」

沒錯，徐季默默的認同了這個聲音告訴自己的話，這是一個完美的街景，車輛按部就班的擁有著自己的速度，一輛一輛過去了。他在想，還會有下一輛車經過嗎？

他彷彿就這樣一直注意著，路上車輛的經過。好像這是一件很重要的事。

「你沒事吧，徐季？」

徐季聽見有人在叫喚他的聲音。這個聲音相當耳熟。他想起來了，是同辦公室的何小姐。

「徐季，怎麼睡著啦？你昨天沒睡喔？」說話急促的何小姐，就算自己跌到深谷裡，也還是能夠被那聲音給緊緊拉住一樣。「剛才不是有位先生要找你？你們聊了嗎？」

徐季在悠悠恍恍當中，想起好像真的有那麼一件事情，有一個叫做向海的人，想請他幫忙找一個女孩。

67 找靈感的大河

也存了不少錢了。自從暫時不到廚具公司上班以後，大河把所有的時間都用來旅遊，不過都只是在國內而已，主要交通工具以火車和客運為主。

到了當地以後，搭乘公車，或者是計程車，大河儘量都以當地接駁車優先考量，那是體驗在地生活最重要的一個環節了。搭公車會讓他有成為居民的感覺，拉著車上的吊環，背著包，隨著上車的乘客晃呀晃的。

山也去、海也去，城鎮也去，郊鄉偏壤之地也去。大河把還沒有去過的地方，都簡單走了一遭，獨自一個人旅行。並沒有為什麼要這麼做，只是想而已。只要想到的話，剩下的事情就只剩下實踐而已了。他喜歡到了當地以後，沒有特別目的，隨處亂走，即使只是走在再平常不過的巷弄街道，每一屋，每一瓦，都是第一次遇見的風景。

吃得也很簡單，如果是路邊攤那是最好，大河站在一家蔥油餅攤前，一口咬下當地盛產的蔥。因為蔥便宜，一般不會長途運輸，光是旅費添上去就是蔥原本的好幾倍價錢了，鮮少有靠著長途運輸到其他地方去賣的情況出現。不過幾個都會區仍有集中批發地，那麼這些蔥還是會運輸過去。此外要吃到這裡的蔥，要靠旅行的緣分了。

只簡單做了旅遊功課，查了幾個要去的地方。只是幾個概要的目的地，隨時都可以因為心情而捨棄不去的。便利性是獨自旅行最大的好處，大河攜帶的衣服也不多，幾套短袖便裝，晚上的時候稍微用手洗一洗，晾曬，再加上一厚一薄的外套，想在外旅行多久就多久。

旅行途中大河從網路新聞得知鄭少捷因為不明原因，似乎從監獄裡憑空消失了。

人會就這樣像蒸發一樣的消失嗎？大河不能肯定，他自己知道確實有很多還沒有辦法被證實的東西存在，包括自己身上所擁有的，或是所發生的，也許鄭少捷真的被外星人帶到宇宙去了也說不定。或者他本來就是某一個異類星球的人。

即使如此，殺了四個人的鄭少捷，還是不容易被民眾包容的。支持死刑與反對死刑就有兩派說法。有人認為如果給鄭少捷良好適當的教育，那麼他今天就不會變成這樣，有人則認為他已經錯過了漫長的教育機會，現在是他該要付出代價的時候了，更有人說是時代毀壞了，環境造就了高壓的人生，導致很多人都越發不正常了。

眾說紛紜，是一定會有的事情，大河只希望他沒有待在監獄裡，起碼也不要再危害其他人了。那天阻止了鄭少捷，就已經沒有大河的事了，現在鄭少捷是整體社會大眾的事，非關個人。現在的大河，有非要找到的東西不可。

大河知道自己有想要找的東西，但那到底是什麼，卻是完全沒辦法回答的。有一點像是有一些人說的，被稱之為靈感的東西。

對，就是靈感，大河欠缺一個靈感。

聽說靈感擁有相當特殊的魔力，只要找到靈感的人，就會看見神，距離神非常的近。

「冷或不冷，神都在這裡。」大河想起小說裡曾經出現過的句子，據說是哲學家榮格說過的話。

現在的大河，需要一個知道自己為什麼會這樣的靈感。

一直以來，總覺得能夠預測什麼，但實際上那並不是預測，而是確切的知道了什麼。有時候清楚、有時候模糊的確切知道。還有前幾次發生的事，讓大河不禁要慎思自己究竟是個什麼樣的存在，是善的呢？還是惡的？擁有特殊能力的男子，如果不妥的話，也許就會變成惡魔也說不定喔。

大河沒辦法解釋自己身上的特殊性。就像魔法世界裡，有人會噴火，有人會施放冰錐，那自己呢？他想不到能夠把自己歸類在哪一類。

旅行回去以後，大河感覺到身心都確實的放鬆了，又再一次透過旅行證明了自身存在的必要。旅行當中的我思、我想與我念，都讓大河感覺到自己現在的人生，正如實的往前行走。即使不確定方向，但確實是在前進沒錯。

68 原本可能是割喉案

回到居住城市的大河，感覺自己好像從魔法世界的月台，終於搭車回來了一樣。這裡一點都沒有變，人們繼續過著自己的生活，搭著公車、捷運

，像是走在自己的人生軌跡一般。這條路因為管制為單向道的緣故，只有向東的車才能夠行駛，大河從捷運站往遠處望去，像是拍攝場景提前被清空的道路，沒有一輛車在跑。

不行，不管在哪裡，都得繼續找靈感才是。大河讓呼吸像節拍器一樣規律，他想像自己能夠透過冥想，看到別人所看不見的東西。靈魂就在自己的體內，這個身體只是一個軀殼，一個裝著靈魂的媒介。就像一瓶水，有瓶身和水那樣。水的形狀，是由瓶身所決定，或是改變的。大河感覺到的還有人存在於時間的樣態，每一秒，自己都被消耗掉一些什麼，每一個人都是一樣的，一定會有被消耗掉的東西存在。

靜了。

大河隱隱約約感覺到什麼，他開始跑動了起來，像是衛星導航有目的的畫出了一條行徑路線，正迅速的從此地到彼地。大河就走在那一條被劃出的路線上，以最小的距離靠近目的地。沒有感覺到身體所帶給自己跑起來的重量壓力，大河沒有心思考慮呼吸與配速，但也不見自己感覺到喘。

左轉，右轉，小路，到了。

大河從側門進到學校。這是一間國小，大河沒有來過這裡，但以前有經過幾次。沒有看到學校警衛，警衛應該坐在正門，或者是在澆花。走過溜滑梯和司令台，看見有體育老師帶著班級在操場中央打躲避球。好

久沒打躲避球了，從國小畢業後就沒有接觸了，可能是上了國中以後，男生都強壯了不少，已經不適合打容易受傷的躲避球了。大河沿著操場繞過去，讓自己看起來像只是來散步的居民。

看起來是平和無事的美好校園。國小已經是久遠以前的事了，大河依稀記得坐在教室讀書，安安靜靜不說話不討論的單純感。下課十分鐘，偶爾也會和同班同學聚在一起，玩紙牌遊戲和打彈珠，有時候也會打打籃球或躲避球。並沒有什麼不好的回憶，感覺自己像一張才剛畫好輪廓、正要上色的白紙一樣。

單純無虞的時光。

但不知為什麼的，大河卻湧上一股焦躁不安，彷彿就要有什麼自己不想要的事情發生了。他感覺像一隻正夾藏在地底的硬殼蟲類，隱約知道地震就要來了，必需要趕快跑離開這裡才行。那是只有蟲子才會知道的不祥預兆。得趕快用傾巢而出的方式通知大家，必要時引起恐慌也無所謂。

但是大河沒有，只要越接近源頭，靈感的觸鬚就像是接近火源一般的灼熱起來。正越來越靠近那熾烈的地核，如果不小心跌進去的話，就會被燙得體無完膚的喔。大河知道必需要更警戒一點，以免就這樣摔下去了。只要路還能走，就要貼緊牆壁、小心行走，才能確保自己的安全。在還沒親眼看見滾滾燃燒的地核以前，都要全神關注的戒備。

大河已經知道就在前面了。走上樓梯，他看見右邊的那間教室上方，標示版寫著「六年一班」。不是右邊，是左邊。大河知道這一點，他往左邊走去，看見一個小女孩轉進廁所的身影。

就是她了！

進到女廁的小女孩，看見第四間門被打開了，走出來一個男子。他應該是聽到什麼動靜而走出來的。那男子手裡握了一把短刀。小女孩像看見了超乎常理的東西似的，一動也沒有動，連驚嚇也忘了。只見那有些微鬍渣的男子，眼神冷滯，連毒蛇看見兔子該有的獵物神情也沒有，那是沒有目的的空無。亮晃著手上的刀，一步一步走向小女孩。

「住手！」大河用力斥喝了一聲，那像寂靜的寺院裡忽然響起了一記響鐘，群鳥都從樹林裡奪飛而出，撲撲撲的振翅飛走了。

那男子聽見這吼聲，在吃了一驚後隨即衝上前去，要對小女孩下手。小女孩仍靜靜的杵在那裡，沒有要跑的意思。眼前這個拿著刀的叔叔是要對我做什麼嗎？國小二年級的她在思慮裡，還沒有任何的應變措施與防備之心。還期待著等一下放學以後要央求媽媽帶著她去買那間好吃的熱騰騰的雞蛋糕。

那男子正要抓住小女孩的同時，大河已出手上前制服住了對方，不讓他有施力的機會。

小女孩像是忽然驚醒了一樣，也沒有哭鬧，就往外跑。等一出了廁所，像是離開了夢魘般的地獄，終於放聲大哭，哭聲大得從走廊浪奔而去，終於沖擊了整棟校樓，再到整個校園。

那六年一班、正在上數學課的老師最接近哭聲，班上同學也早已沒有心上課。她走出教室，看見低年級的小女孩，一邊嚎啕大哭、一邊指著女廁那邊的方向。老師急忙走向女廁，就看見兩名男子在廁所地板上扭打，也不清楚是什麼情況。聽見其中一個聲音，是大河，說：「快！叫人來幫忙！報警！」

69 好像找到一點靈感了

那名男子叫龔仲安，等到警局的時候，他已因為吸毒而先被押進了看守所。大河則正在做筆錄。

「你的意思是，原本是到學校散步，參觀校園以後，想到教室那裡走走，順便上洗手間，就看見行為舉止詭異的男子。」做筆錄的警員重複剛才大河說過的話。

「是，對方拿著一把刀，也能夠從對方的神情感覺出不對勁的地方。那眼神看起來迷迷濛濛的。只見他持刀接近那小女孩，我才在大聲斥喝後，衝上前去制止對方。」大河簡要的把案發經過說了一遍。

那警員點點頭，把大河說的話記錄下來。

這件事情似乎沒有鬧大，但還是引起了一定的關注。除了記者來採訪外，小女孩的雙親也鄭重向大河道了謝，還要包給大河紅包。大河在實在無法推辭的情況下收下了紅包。學校也對大河表示了感謝之情，那校長又是憂慮現今社會現況、又是欣慰的用力握了大河的手，看的出是一個願意為學童付出、有教育愛的校長。

新聞播出龔仲安闖入校園襲擊國小女童的事以後，引起國小校園全面加強戒備，不再隨便讓人進入到學校裡頭，都必需要用證件換取識別入行證，把識別入行證掛在胸前才行。當局政府下令要求替代役男全力協助。原本可以自由出入通行的友善校園，暫時不開放民眾隨意進入了。想要到學校裡運動的民眾，得要等到放學以後才行。

整個案件很快就結束了，因為並沒有發生相當嚴重的事。吸毒犯龔仲安被關了起來，小二的女同學也在經過社工與心理師的輔導後，正常回到學校、進到教室裡上課了，不過還是不太敢去上廁所。

事情稍微告一段落以後，大河想起自己原本似乎要找一件東西。

那東西在大河的想像中，是一個摸不著的魔幻之物，圓圓的會發光的一球物質，青綠色的光，也許會變成一個小精靈也說不定。如果能夠控制的話，將兩手置放在前方，掌心相對，就能夠讓靈感發光一般的浮在空中現形喔。現在越來越能夠掌握那個東西的存在了。一只發出青綠光的球狀小精靈。

他覺得距離找到那樣東西是越來越近了。

他在回家的路上遇到了甯安。

不知道是遇到，還是甯安在等著自己。不過甯安知道自己住的地址嗎？大河抬起右手，示意揮了揮，他的笑也像平常那樣看見老朋友的自然。

「你是不是已經找到什麼東西了？」甯安一看見大河就這樣問。

「什麼東西？」大河不清楚甯安這樣的問句是怎麼意思。

「我也不太清楚。但我知道你要找的東西，也許能夠開啟一扇大門，相當難以推開的、沉重的大門，你也許迫切想要知道那扇門的後面有什麼東西，存在著什麼樣的可能性。也說不定，你並不想打開那扇門，只是好奇心驅使你這麼做的？」

甯安意有所指的說，像在說一則與自己相關、又也許不相關的事情。好像一個沒有聽過的故事，正要從被翻開的書頁當中跑出來了一樣。

70 還是先去找大河好了

未來的大河不知道用什麼樣的方式離開了，也許就像他所說的，又回到了暗潮，隨著風浪飄盪，還在尋找哪一個時空的裂縫，尋找一道光。那一道和自己有相關聯的光。

有時候以為知道了什麼真相，才發現真相只是迷惑的一個起點而已。

聽到未來大河所說的話，甯安不知道信與不信之間，究竟有什麼差別，因為那也許改變不了什麼事實。這個世界仍然以同樣的速度前進，每一天有二十四個小時，每一天都是因為地球自轉而來。

關於甯安這個人的存在，應該也有自己的變數吧。她以一個宇宙觀的角度來看自己，就像在月球上看見地球上有海洋、有陸地一樣，那是截然不同的景象。我只是一個渺小的存在唷，六十億分之一左右的存在。我的一生，從出生到現在，而且應該還有未來，前前後後大概有一百年左右，然後等待死亡，直到結束，就沒有了。無關乎他人，我現在只有我自己而已，以後也是。我能夠影響的東西並不多，但我應該還保有我自己才對。

甯安是這麼想的，就算到了世界盡頭，看見了末日，還是會有自己的喔。

自己有自己的故事，就是這麼簡單。但是在別人的故事裡，自己就只是微不足道的存在，可能連扮演一棵路樹的角色也沒有，甚至沒有出現。但這個世界就是以每個不同的故事所拼湊而成的巨大篇章。甯安自己佔據了小小的一塊戲份。

還是先找toto談論一下案件的事情好了。

甯安想到那不見的老狗，到現在都還沒有下落，連他們家人也不知道他去哪裡了。不過因為離婚的老狗獨居，警局那邊似乎對他的失蹤也沒有見怪，只單說可能是去旅遊，或是翹班去哪裡鬼混了。以前也犯過這樣的事，還主動幫他跑了行政程序，以病假准了幾天，剩下的等老狗回來再自己讓他處理。老狗就是個警察，沒什麼好擔心的。

也許沒那麼簡單。說起來甯安忽然發覺自己並不太了解張小熙，到底是個什麼樣的女孩。沒見過照片，紫婆婆和toto也只說了之前的事，但並沒有打算制止或干涉她的舉動。

「因為我們在做的事情一樣，只是方法不同，她不認同這邊的方法，我們不認同她的方法。」toto說：「紫婆婆比較擔心的只有小熙而已，其他的並沒有打算介入。只希望她自己能夠想明白，這種事我們都知道，只要下定決心要做，不是那麼容易就改變的。」

甯安認為也許當面和張小熙聊聊，在彼此方面都能夠有什麼進展。

甯安才剛從公寓走出路口，就撞見了徐季。她不知所以的一直看著徐季，只見他連忙解釋：「不，不是，誤會啊，我沒有跟蹤妳，我是專程來找妳的。」

甯安還沒聯想到是被跟蹤那一層面，聽徐季一說才知道他的驚慌為何。

「妳要出門？那我長話短說，啊對了，在這之前，還有一件事，妳有看新聞嗎？」徐季就揰在旁邊停著的一輛機車上，也不知道是誰的。

「新聞？」

「就今天的事，有學校闖入了一名沒有前科的吸毒犯，還襲擊了一個國小女童，但是被大河及時阻止了，說是恰好路過那裡，才沒有釀成大禍。現在吸毒犯已經被抓起來了，大河大概在警局那邊，還沒脫身吧，我今天休假，就沒去管這事了。」徐季說。

「恰好路過？」甯安像是用放大鏡觀察草叢裡，發現螞蟻在搬運糧食時，不小心掉落了一顆米粒那樣。

「嗯，他又做了好事，說不定再讓他遇到一次類似的事，就變成了仗義的名人也說不定。啊，當然我並不是希望自己居住的城市裡一直都有什麼犯罪的事情發生，但能夠被阻止，還是得說真是太好了，是吧？」

徐季在想這個大河還挺有種的，擋住了捷運殺人犯，現在又攔住了校園吸毒犯，還真是巧合。

只見甯安聽見自己講了話以後，好像又多了心事似的。徐季忽然覺得這個大河可能沒有那麼簡單，說不定就像名偵探柯南一樣，身上有會吸引罪犯出現的命格？以至於每一次自己都會在案發現場出沒。

最近遇到的奇事，可越來越多了，包括那個神出鬼沒的心理醫生。

他恍然想起這個叫做向海的心理醫生，徐季就是為了這事來找甯安的。

「對了，我來找妳是為了另一件事。」徐季確認甯安已經從陷入的思緒轉回到自己現在要說的話時，才又繼續：「有一個叫做向海的心理醫生來找過我，要我幫忙找一個女生。我一看那照片就認出來了，好像是妳朋友大河的，嗯，女朋友之類的。說是人命關天的事，我也不清楚，那天我好像被這心理醫生下了什麼伎倆，人一暈，和他說了什麼都記不清楚了，真夠邪門的。」

徐季想起前幾天簡直像被催眠似的，被擺了一道，真要查查這個人的來歷才是。

「這個心理醫生要你幫忙找一個他也不認識的人，但他有照片，然後你認識照片裡的人，是大河的女朋友。」甯安歸納徐季說的話的次序。

「這，我不是故意的，妳要我別跟蹤妳，但我看大河和槍哥那麼像，就追了一下，才會知道這個女生和大河的關係啊，但我真的不是故意的，妳不要和大河說，拜託！」徐季說完話又覺得好像自打巴掌似的，跟蹤別人還有分故意不故意的？

「我知道了，如果有遇到大河，我會轉告他，要他小心一點，有奇怪的人要找他女朋友。知道那女孩的名字嗎？」甯安並沒有理會徐季那自導自演的情緒，問了自己的問題。

「不知道，只看過照片，現在照片也不在我這裡。」

「好，應該會遇到他，我會記得。」

說完甯安就自己走了去，沒有和徐季道謝。他看著甯安離去的背影，在想自己好像忘了什麼事。

對了，他是來約甯安吃飯的，才一轉眼，就不見甯安去哪裡了。雖然對徐季來說要找到她沒有任何問題，但甯安似乎沒看見自己似的，也就罷了。徐季心想，自己的朋友還真是少得可憐哪。

原本要去toto那裡的甯安想了想，轉了一個方向，看徐季還杵在那裡。

徐季看見甯安走回來，有種說不出的期待，莫非她聽見了我的心事？他興喜的向她招手，正想要說晚餐想要吃什麼、大爺我請客的時候，只聽到甯安簡單的問了一句：「知道大河家的地址嗎？給我。」

說完，又逕自走掉了。

但這次甯安有向徐季說，謝謝。

71 潘朵拉的盒子

「你是不是已經找到什麼東西了？」

「什麼東西？」

大河聽見甯安說，自己要找的可能是一道難以推開的、沉重的大門，那裡面有著許多的可能性。

「也說不定，你並不想打開那扇門，只是好奇心驅使你這麼做而已。」甯安說。

大河聽不出甯安最後說的是肯定句還是疑問句，他還在想甯安怎麼會知道自己住的地方，但現在更要專注甯安所說的那些話。那些似乎別具意義的話。

「妳的意思是說，可能有一些我很想打開的門存在，即使我現在還不知道它們在哪裡，與該怎麼打開它們？」

「嗯，說不定問題在於，該不該打開它們。」

「所以妳知道這個問題的答案，是該或不該囉？」

甯安沒有答話。不確定甯安是聽懂了問題，不想回答，還是不願回答。也許甯安也根本不知道答案。

他們坐在那一排一格一格的，把種植樹木包圍起來的木横條椅上。可以用來坐，也可用來擺放東西的設計。

捷運出口有一隻將近三米高的大型招財貓，牠的左手上下揮動，的確像是能夠招不少財的樣子。不過一隻眼睛看起來是壞了，不知道是被打壞了，還是裡面的燈泡壞了。

「我也不知道這個問題的答案，因為老實說，我連問題也不太清楚了。」甯安像是在打啞謎似的，好像她根本不知道大河要找什麼東西，與找到了什麼東西。

一只發出青綠光的球狀小精靈。大河越來越知道自己想要找的東西，大概是什麼模樣。「所以妳來找我，是想告訴我，在還沒知道答案以前，最好不要去找到那個答案？」

「或許根本就不能去找那個答案。也許它就像潘朵拉的盒子，說不定打開會帶來災難。」

「妳怎麼知道那是潘朵拉的盒子？」

甯安聽見大河這樣問，沒辦法回答他。那是未來的你告訴我的啊！如果告訴大河，他也許具有來往時空的能力，那麼就違反了未來大河來找自己的初衷。因為他考慮過不要讓現在的大河，知道這個祕密，那麼就不會改變什麼，所有事情都會順理成章的發展下去。

也就是說，如果放任大河不管，那麼大河就會靠著自己的毅力，努力找出正確的答案。最後成為甯安看見的那個，未來的大河。

所以未來的大河告訴我這件事情，是要阻止大河？不，未來大河也並沒有這麼說，他只是把選擇權交給了我而已。也就是我可以幫助大河，或者是阻止大河。還有其他的選項嗎？

甯安猜想，自己所處在的位子，很可能能夠幫上大河什麼忙。但來往時空的能力，不就是大河之所以為大河的特殊性嗎？

「我不知道那是不是潘朵拉的盒子，我只是想說也許在打開與否之間，我們都還有所選擇。」花了幾秒鐘整理了思緒的甯安說。

甯安認真盯著大河。她的眼神裡簡直像是擁有打開寶箱的最後一把鑰匙似的。甯安可能知道答案，但是她沒辦法說，或是不願意說。說了對彼此沒有幫助。大河從那眼神當中知道這些。

兩人靜了一會。

大河的手肘靠在自己的膝蓋上弓著，看著前面那隻雖然少了一隻眼睛但還是很有朝氣的招財貓。真希望牠趕快被修好。

「這個我只是假設。你有沒有假設過，有一些事情可能原本會發生，但後來因為某些緣故，結果它並沒有發生。」甯安也壓低身子，像大河一樣的靠在自己的膝蓋上，身體微微前傾。

甯安的穿著不會讓胸部被別人看見。大河只是看到後，預防性的這樣想而已。

「妳是指，我阻止了一些事情？」大河在想為什麼甯安會知道才剛發生的事情呢。自己進到了一所國小，並且阻止了那個叫做龔仲安的吸毒犯。即使自己並不知道那個小二的女孩原本到底會發生什麼事。大河聯想都不敢想。

「我只是個假設，假設這個也許。」

「這個也許。」大河停留在這個字詞當中。「我不知道我有沒有阻止了什麼，但是我覺得我可能做對了一件事情。」

甯安沒有辦法為此辯駁，確實，不管是誰，只要能夠拯救一些什麼，沒有道理不救的啊。「也許真相永遠沒有答案，如果順其自然是錯的，改變自然也是錯的時候，就沒辦法做出抉擇了。」

「嗯，要等到盡頭，才會知道對錯。」大河說。

「即使會讓自己後悔，或者是讓自己受傷嗎？」

「如果能夠幫助別人，也許會喔。」

天色漸漸要暗了下來，路上的行人和交通明顯擁擠多了，是個下班和晚餐的尖峰時段。幾個穿著西裝的男子走了過去。一位穿著相當辦公室的女性，帶著兩個小男童走進了捷運站。遠遠那間在小巷裡的知名茶鋪，已經排隊排到了馬路上，有販賣現成的奶類加茶飲。因為離住的地方近，大河也常喝。

「所以妳來找我，是要告訴我，小心潘朵拉的盒子？」大河站了起來，伸展自己的身子，他一向不顧在對話中途這麼做，那是一種隨性。

這個問題也許永遠都是無解的。隨即甯安想到了剛才徐季對自己說的那件事。

「你有女朋友？」甯安問出口時，才覺得好像有些唐突。

「女朋友？」大河也不防這一問，忽然問這樣的問題是什麼意思呢？大河謹慎的想著用詞，好像是根本沒辦法解釋的關係：「不算是女朋友。」

「不算是。」甯安在想，那什麼樣才算是女朋友？答案不是只有兩種，是，或者不是。原來也有「不算是」這種答案的存在啊。

「我的意思是指對方不一定那麼想。」大河有意辯解的說。

「所以你的意思是，你想要但對方未必？」

但這也不是大河想要的，他只是覺得兩個人在一起的感覺，還算不錯。「還在觀察，嗯，只能這麼說了。怎麼了？我也好一陣子沒有見到她了，老實說。」

甯安還在想怎麼和大河解釋一些緣由，總不能和對方說，有位記者朋友跟蹤你，得知你有個女朋友，現在有個奇怪的心理醫生要找她。這樣的一層關係實在太奇怪了，被跟蹤在心裡上也不是太好受。甯安非常明白被別人掌握一舉一動的不舒服感，如果是一般人所擁有的生活被跟蹤也就算了，但自己卻是走在邊緣的人。一個隨時會墜落的邊緣。
「我的一個記者朋友，你應該還記得，那個徐季。」甯安想好一個還堪用的說詞。
「記得。」
「可能是他曾經遇見過你和你的那位女性友人一起出沒吧，他記得了那個女生的長相。最近有一個心理醫生請他幫忙找這個女生，你那位女性友人。不過徐季覺得那個醫生有值得提防的地方，如果可以的話，你那邊就留意一下。大概是這樣。」甯安避重就輕的把整件事情交代完畢。
「我知道了，謝謝妳。也幫我謝謝那位徐季。」大河有些見外的說，可能是忽然心不在焉了，沒有特別注意用詞。
「嗯。」
然後他們就沒有說話了。
甯安還不知道自己所處的位子，她也沒辦法知道，大河擁有的是不是潘朵拉的盒子，打開以後會發生什麼事情，完全無從知曉。
這兩天的大河已經累到極致了，不知道是因為找到青綠光的球狀小精靈（大河猜想那應該是魂魄的形狀），還是吸毒犯入侵校園事件的緣故，他覺得現在只要頭一靠到任何能夠枕的地方，馬上就會睡著。那青綠魂魄說不定不是小精靈的，而是自己的。大河就是小精靈。
他的腦袋已經不能使喚了，漸漸襲上來的倦意，讓他自己都忘了是怎麼和甯安道別，甯安又是什麼時候離開的。大河連怎麼走回自己的家也沒有印象。
但在他要入睡之前，有簡單傳了訊息給小熙。

「有人在找妳，自己留意。」

大河沉沉的睡著了，沒有人能夠叫醒他的樣子。

72 向海的交涉

「嘿，妳好，我們聊聊？」有一個男子的聲音說道：「初次見面，我叫林向海，是個心理醫生。」

沒有聽見犬吠聲，能夠過來的路就只有被盆栽擋住的那一條，路的兩側，一側是山，一側是滿是樹枝幹的崖壁，就算循著隱蔽的山路開車過來，到了那裡也必需要下車，挪開盆栽。但沒有聽見忠誠的土狗叫聲。

「有人在找妳，自己留意。」大河傳來了簡訊。但現在已經不要緊了，小熙只看了一眼就關了。

張小熙打量著這個看不出來是好人還是壞人的，叫做林向海的心理醫生。藍色長條紋襯衫穿搭西裝褲，雙手擺在讓人看的見的兩側，是個懂得用肢體動作讓人放鬆的人。那人站在這屋剛進來的大門，有意要請示後才正式從屋外進來。

「是來找我的嗎？」張小熙說話的聲音像親善大使接待貴賓那樣的親切客氣，也是讓人不自覺就放鬆了起來。她一臉青稚無邪的笑，總是讓人著迷。那是小熙最自然又最得意的武器。「請進吧，不用站在門口，可以坐著聊。」

「雖然我很想站在這裡，不過這樣似乎並不是太禮貌。」向海說著就用腳跟慢慢褪下了皮鞋，先褪了右腳那只。

張小熙將客廳那張木桌的兩側拉出來，變成一張長桌。幫兩人都倒了水，放置在長桌的兩端，自己拉了椅子，坐在靠近後院的那一側。第一次見面對談，還是有點距離的好，對彼此雙方都是。即便如此，這對小熙來說仍是個施展攻擊的絕佳距離。在還沒弄清楚對方的企圖與來意以前，一切小心為上。

不過既然都邀請對方進來了，就表示對自己身上所擁有的技術，還算挺有自信的。另外讓對方卸下心防，也一直都是張小熙的得意技。不過她最關鍵的一招，還是得在稍微近的距離才有用，她早已擬定好應變策略，一有不妥就馬上動手。

「可以說是來找妳的，算是。」向海輕輕拉開椅子，坐在距離進來的門口那一端的位子，喝起了剛才張小熙倒的那一杯水。

「所以也可以不是？」

「是這樣的，我覺得我們有點像是同一類的人，我想向妳借個東西。」向海的雙手交錯的擺在桌上，總是能看見他的手的位子。張小熙留意到他那右手的無名指上，有一只鑲有紅色寶石的戒指。

「借什麼？」

「妳的車廂裡不是有個人嗎？」向海微笑的說，那笑像是說中了別人的心事似的。

李崇瑞。對方知道自己綁走了這個人，李崇瑞並不是畏罪潛逃，而是被自己綁了過來。張小熙並不覺得訝異，在這個時間點，在這個偏僻的山壤裡，來找自己的人，或多或少都不是為了家常敘舊而來的。

「你想要他做什麼？」張小熙看著這個彷彿知曉一切的人，知道李崇瑞，知道這個地方。也許還知道自己做了什麼。

「怕他悶壞了，和我綁來的人也關在一起。鄭少捷，聽過吧。」向海的語氣聽不出得意或是炫耀的意味，感覺像是自己做了一件很普通的事情。張小熙聽起來覺得，和自己一樣。

「你跟蹤我多久了？」張小熙問到了一個關鍵的問題，這關係到對方知道自己多少事，從以前到現在。目前她只是想知道而已，並還沒有任何多餘的打算。就目前來說。

向海看出張小熙那甜美的笑容裡偷偷藏露的疑慮與猜忌，從她笑起來的嘴角角度不同於前面幾次得知，眼神也在問問題的時候往右上方掃去幾次。「老實說，我才剛知道妳不久，因為恰好我對妳的目標有些興趣，不過才正要找他聊聊，就看見妳把他帶走了。」

正要找他聊聊。

向海慢慢的從筆記本裡抽出一張照片，他沒有走起身來，只是將照片從長桌的這一端，站起來用手指壓著，推移到張小熙的那一端。他拉長了身子，恰好能夠將照片遞給她。

張小熙看見了一張自己開著車的側臉照。那是綁走李崇瑞那晚所拍下的照片。她從自己的穿著、天色和照片裡行經的路口隱約得知。張小熙並不常開車，所以那天一定有些什麼事。

「你想要和他聊什麼？」

兩個人的對話走入了一個越來越深的地方，像是潛入地底的密室一樣，經過了一條漸漸變窄的通道，連空氣也變得稀薄了起來。

「心理醫生的私人興趣，也許妳不會太感興趣知道的。」向海調整了坐著的那張椅子，讓自己能夠靠在椅上，又能將手很自然的擺在桌面上。他喜歡不時找著最好的坐姿，因為所謂最好的坐姿，會隨著身體血液流動狀況而不停改變。

「可以說說。」

「想深入了解一下犯罪者心理的狀況，對我來說算是一些臨床觀察囉。」向海輕鬆口吻卻認真表示。

「性犯罪者也需要特別觀察嗎？至少在我粗淺的理解當中，也許心理醫生對於擁有特殊動機的連續殺人犯會比較有興趣。這一類的人，性犯罪者，動機應該非常的單純才對。」張小熙完全同意自己所說的，好色有等級，有一些人的色情程度沒有極限。但那也沒關係，只要不付出行動的話，很多想法放在腦海中想一想是可以成立的，不需要實踐。

但如果實踐的話，就一定得付出代價來。

向海還是想藉由說服的方式，來讓事情有個順利的結果：「有一些心理臨床實驗，也許不那麼合法，沒辦法被允許，而且有一大部分純粹是我個人的，嗯，該怎麼說，興趣使然。妳大概可以明白吧，也許存在著一些有效但並不合法的方法喔。」

張小熙從來就沒有考慮過那樣的東西，方法之所以還被稱之為方法，表示有矯正教化的意味在。在自己走出來的路子裡，並不存在於那樣的選項。落到她手上的人，都已經是走到盡頭的人了。所謂的盡頭，就是沒有選擇的只能往下墜落。

輕輕的，或重重的，往下墜落。

「如果我的答案是不呢？」張小熙直言不諱的說。都還沒有好好跟瑞寶貝玩玩，怎麼能夠說走就走了，好像太便宜他了。

向海看著張小熙，她的意思是想要把李崇瑞留在自己的手上。「之後我會再把人交還給妳的喔，我會儘量讓他活著的，不用擔心。」

儘量，活著。張小熙像是一條看見誤入蛇洞松鼠的蟒蛇。這話讓她聽得舒服，只要李崇瑞不是被帶去保管、藏匿或招待，都在她能夠接受的範圍。

但這個向海能信嗎？還是只是順著自己的意說呢？張小熙揣測著這個有著掌握談話節奏的向海，確實可能先說服對方再來行事的可能。她覺得還是謹慎一些的好：「如果我還是比較想自己管理這個瑞寶貝呢？」

向海一時忍不住，差點沒笑出來。瑞寶貝是網友對這個李崇瑞的嘲諷，據說是個貨真價實的媽寶。

「如果我說不，你會怎麼做？」張小熙說，她也很想知道如果自己堅持的話，會發生什麼事。

「老實說，我就當作是向妳借的囉。而且已經借走了，很抱歉，就當作是我的一廂情願吧。我知道妳已經同意了，因為是妳告訴我的喔，而且妳還告訴了我很多事情，比方說小西紅柿和竹林。」向海的聲音像是一艘潛艇，正不停往深海處潛下，距離海面上越來越遠。50海米，100海米，200海米，光線漸漸透不進海裡了。300海米，400海米，500海米，越來越深的海裡，可能藏有著不為人知的巨型海洋生物也說不定：「妳喜歡靜靜坐在後院，看著西紅柿和竹林想事情。想什麼樣的事情呢？可以什麼也不想，也可以想想認識的人，喜歡的人，或是在意的人。有喔，我們都有許多在意的人，或多或少都會有那麼幾個。有一些人還陪在我們身邊，但有一些人已經不在了，但沒有關係，我們還是很勇敢的繼續向前，無論我們所在意的人，是不是也同樣在意著我們。但他們一定會的吧，把我們放在他們的心裡，一個獨一無二的位子，是屬於我們的喔，所以我們特別在乎這些，也同樣在心裡有著獨一無二位子的人。我們所愛的人。」

時間沒有時間感的過去了。

張小熙看見，自己就坐在後院，盯著小西紅柿與那片竹林，並且懷念著那段和凌兒姊姊一起練合氣道的時候。

不對。

並不是看見。

張小熙像是從哪裡醒過來了一樣，她正坐在後院，盯著前面發晌。那是有著小西紅柿和竹林的美好景色，風從東方吹來，有野草與樹葉的清香味。

自己怎麼會坐在這裡呢？

張小熙起身走進屋內，看見那張長桌有兩張對坐的空椅子，桌面上擺了兩杯水。

她不知道是怎麼回事，像是在夢裡和叫做向海的心理醫生，面對面談了一番話。然後他說，有想要借走的人。

張小熙知道，李崇瑞現在已經不在這裡，不屬於自己了。

後來她還發現，自己那箱紅火蟻不見了。

73 愛吃巧克力的張冽

為什麼這樣的人居然是立委呢？關掉被網友號稱為內湖石內卜祭止兀的粉絲專業，張冽繼續用其他分頁辦正事。他喜歡自己一個人待在房裡，5.1聲道環繞音響正撥放著「Maroon 5」的〈Sugar〉，張冽很自然的隨著音樂擺動，在他的想像中，自己也是個正在舞台上緊抓麥克風高唱的狂野歌手。實際上他看起來像一隻有節奏的小酷企鵝，因為他套著深黑藍的帽T。

桌面上的三個螢幕各顯示著不同的視窗頁面，有一個正在下載最新上映的電影，同時管理他的地下論壇，專門收集有關於性侵害受害者的自述與私聊。一個是剛才玩了兩場的《League of Legends》，分別使用了蛇女和好運姐，全勝。他只是偶爾用來打發時間而已。一個則是比較雜亂的資訊頁，收集其他各處的資料，一面做文書彙整。

寒假的時間比較充裕，張冽並沒有參加高一的寒訓班，他的課業已遠遠超越這個年紀許多，上一次大學模擬測驗當中，他拿到了85％以上的分數。張冽並沒有感到自傲，也不打算把分數再往上拉升。對他來說，知識夠用就好，那只是一個顯示現有知識的一條資訊列。

張冽是個很相信數據的人，所有的一切，數據會說話，雖然並不是百分之百精準，但樣本夠多的時候，就一定會落在三個標準差裡。那是常態分配的數據，表示有99.7％是觀察者所要的數據。簡言來說，讓機器製造彈珠，每1000顆彈珠會有3顆是不符合標準的。預測失誤的機率相當低。

數量越多，樣本越大，所顯現出來的數據也會越精確。

才高一生，就讓時間帶著自己朝知識之路邁進吧。張冽不想給自己太多的壓力，一切慢慢來就好，就像一隻吃著桑葉的蠶寶寶，不管如何有一天都會開始吐絲、結蛹，最後變成飛蛾的吧。張冽喜歡學的時候就學，擁有自己的步調。

張冽最近迷上一款叫做農家樂的桌上遊戲。他從資深級的沼澤版本入門學習，一學就有概念，兩個月後就已經很少遇上能夠贏過他的人了。張冽會上國外網站找玩家，現在也只能夠找外籍玩家了，畢竟這本來就不是華人所發明的遊戲。國內並沒有類似的網站可以使用。

從一開始的兩間木屋起家，擴建成三間後翻修成磚屋，再翻修成石屋。將一個區域開墾農田，種植蔬菜和稻麥，另外一個區域建造柵欄，不同的柵欄裡圈養著羊、豬、牛、馬。一局簡單的起手式就完成了。張冽著迷於那幾百張發展卡和職業卡之間的搭配，擁有上萬種不同的排列組合，每一局都能夠打出不同的風景。他擁有著自己獨一無二的農莊與房舍。

吃著甯安買給自己的巧克力，似乎是特定地區所販賣的，店名叫做ＥＺ。略為苦澀的巧克力在口中化開以後，一瞬間湧出被破開的瓜果香氣，張冽吃出是哈密瓜口味的。桌旁還有一盒未拆封，似乎是剛收到的包裹。張冽拆開包裝，也是巧克力。

「嘿，在忙嗎？」右下角的通訊軟體「LINE」跑出訊息跑馬燈。

是姊姊張小熙傳來的訊息。

「嗯哼。」

「有資料要給我嗎？」

「不行啦，阿嬤會生氣。」坐在電腦前一直搔額頭的張冽也不知道該如何是好。「最近抓很緊，再這樣下去，阿嬤要去找妳了。」

「嗯，知道了。」

「妳自己多保重，要遠離危險啊。」

「我會的。」

張洌已經很久沒有看到姊姊了，很怕姊姊在外面出了什麼意外。

「巧克力收到了吧？下次有看到好吃的再寄回去給你。」

「好喔。謝謝姊。」

再也沒有訊息跑過來了。

張洌看著那被拆開的巧克力，覺得姊姊平安才是最重要的事情。

從前就並不常看到大自己六歲的姊姊，下課到家後就只剩下自己了。那時候最常見到的還是toto，可能是受到阿嬤的囑託，toto會帶著晚餐過來家裡，和自己一起吃著。並沒有說很多的話，不知道是toto本來就沉默的關係，還是她不擅長和像自己這樣年紀的小孩說話。不知道要叫toto姊姊還是阿姨，所以就叫她toto，完全沒辦法猜出她真實的年齡。

toto並不會待很久，接著就是各科家教老師按著課表時間來伴讀或上課，等到結束以後已經都要到睡前的時間了。阿嬤會透過視訊或是電話和自己聊聊今天的事，也會和姊姊說說在學校發生的趣事，畢竟姐姐的年紀比較近，應該更可以理解所謂的學校，到底是個什麼樣的地方吧。阿嬤已經有點老囉。

幾個星期沒遇見阿嬤和姊姊都是很常見的事情，所以對姊姊的印象幾乎只停留在國小階段，她會買巧克力給自己吃，有時候會陪自己下下象棋或是打打電動玩具，但因為沒有一起上學，也沒有住在一起，相處的時間相當短暫。後來姊姊上了大學，似乎就過著另外一種生活。自己則過著正常的國中生活。

經常在想，沒有聽過姊姊或是阿嬤講過爸爸媽媽的事情，也許自己是被收養或是領養的也不一定。不，有很大的可能是這樣喔，所以擁有現在這樣的生活。雖然孤單寂寞了些，但要比流落街頭要好多了吧，所以並不會覺得有像流浪狗那樣的孤寂。而且一個人住在一整棟的宅屋裡，有著自己的空間，自己一整牆面的書桌，自己的專用電腦，和豐厚的零用錢。完全沒有能夠挑剔的地方，簡直是過著富裕無虞的獨居生活唷。有很多事情，還沒有被搞清楚，關於自己，關於阿嬤和姊姊，但自己一定有很多能夠幫上忙的地方吧。嗯，一定是這樣的。現在最重要的事情，就是在能力所及之下，繼續吸收知識，並且不斷新增所擁有的知識。體內有一整棟圖書館，要不停的把新買的書擺上書架才是。

張冽有時候不知道該站在哪一邊，當阿嬤和姊姊的立場是不一樣的時候，可以兩邊都不幫，或者是兩邊都幫一點。只好私下的把資料簡案放入姊姊所給的雲端帳號，讓她能夠自由存取。

「姊姊在做的事情很危險，有一天可能會死掉，是真真切切、確確實實的死掉，所以我們不能讓她接近危險，不能夠幫助她更靠近危險才是喔。」阿嬤覺得張冽一定偷偷傳了資料給小熙，不容置喙的提醒他，不可以再這樣做了。

關掉電腦，張冽決定到附近的桌遊店一趟。他看見有網友在約農家樂的局，三缺一，一看就在家旁邊的大樓，自己馬上就報了名。他傳訊息告訴奶奶自己的去處，帶上手機便出門了。

74 鄭少捷的恐懼

「你醒了。」

好像睡了一整年似的鄭少捷，感覺全身原本停止的血液又漸漸加速流動了。對自己被綁住的手腳並沒有感到意外。他沒有太多的思緒，情感，感官，知覺，判斷，這些對自己沒有任何幫助的東西，早就像垃圾一樣揉一揉丟進垃圾桶裡了。這樣就不再感到困惑，或是痛苦了喔。

「你好，我叫做向海。」

眼睛漸漸習慣昏暗的室內後，鄭少捷觀察了四周，空蕩蕩的，除了眼前叫做向海的男子以外，旁邊也同樣坐著一個被綁住的人。那人的表情看起來惶恐不已，一臉膽小鬼的樣態。

向海看見對方已經醒了，因終於可以來做實驗與記錄而感到愉悅。旁邊那張有些生鏽的大鐵桌擺滿了看不出有什麼用的雜物，除了一只透明的玻璃盒，裡面爬滿了螞蟻，正在襲擊包圍一小塊可能是生牛肉的東西。

他拿起一瓶裝物，走向面無生色的鄭少捷。從鄭少捷的臉上看不見有任何稱之為生物氣息的東西。那也不能被稱作植物或礦物，一塊巨大的石頭仍會見得大自然神工鬼斧的痕跡，有著獨特又絕對的生命力。鄭少捷的表情，什麼也不存在著，就算往冥府的最深底走去，也能夠瞧見一些什麼，但他有著更深暗的神情，彷彿只要有東西掉進去，就會澈底消失那樣。這個世上也許已經沒有他在乎的事情了。

向海把那瓶東西從鄭少捷的胸口倒下去。

鄭少捷感到一股液態的涼意正滑下肚腹，才發現自己現在一絲不掛的被綁著。但屋內另外那個被綁住的人卻是穿著衣服的。他聞到香香甜甜的味道，猜想那一罐東西就是蜂蜜。即使再怎麼後知後覺，遇到這樣的情況，下意識也會知曉這並不是個善意的舉動。

鄭少捷看見向海把蜂蜜擺回桌上，接著拿起那箱螞蟻時。他焦慮恐懼的挪動身體，但連底下坐的鐵椅都已經被死死固定住了，自己就像一隻送進屠宰場的羔羊，正要被一刀抹脖子那樣恐懼。

原本還以為對方會先問什麼，或是先聊一下、談談話什麼的。結果只見向海一話不說，就直接把那箱螞蟻往自己身上倒，嚇得鄭少捷坐在鐵椅上急亂跳腳，哭喊救命、求饒。

那一隻隻紅火蟻爬在蜂蜜上，許多剛才沒搶到生牛肉的，狂烈的吃咬蜂蜜。而胡亂顫動的鄭少捷不停扭動肚腹上的肥肉，又是驚擾又是擠壓那些紅火蟻，攻擊性極強的紅火蟻見自己爬在巨大且危險的動物上，沒什麼皮毛，白肉脂肪豐厚，當下那群紅火蟻便狠狠咬起鄭少捷來。

一陣強烈的刺痛灼熱感從肚腹傳來，鄭少捷發出了他落網被關以來，第一次痛哭慘叫的求饒。

那紅火蟻的蟻毒讓他像是直接被火燒到一樣的疼痛難受，皮膚像被熱油炸過。那蜂蜜留下的範圍一直到腹部、陰部和大腿之間，紅火蟻循著蜂蜜亂爬，一直繼續攻咬。鄭少捷的鼠蹊處已經燒痛得快要失去知覺，但那疼痛仍持續提醒著自己知覺還在。

「別擔心，很早就幫你注射了抗生素，待會也會幫你治療，這蟻毒雖猛烈，要喪命恐怕還沒那麼簡單。」向海一臉神清氣爽的樣子，即使沒有笑，也讓人感覺到他正在笑。

旁邊被綁住的那人是李崇瑞，看見那個叫向海的極為冷血，又見鄭少捷被刑虐成那個樣，也激動得掙扎。就像是照見未來的鏡子，他清楚知道自己會坐在這裡沒有什麼特別的原因，絕對不是來這裡吃喜酒的，等一下就要輪到自己了！

見鄭少捷那聲嘶力竭的慘叫聲從狂烈驚恐，越來越小，像一輛漸行漸遠的救護車，只能隱隱約約聽見遠方的鳴笛聲了。向海拎了一桶水，就往他身上潑去，把那些紅火蟻都沖掉。他又提了第二桶水，要澈底的把鄭少捷沖洗乾淨，確認他身上沒有任何一隻停留的螞蟻。

向海拿了一罐噴霧器瓶，往鄭少捷身上被咬傷的地方噴。一陣清香的植物味在屋裡擴散蔓延開來。拿了一瓶礦泉水，就往鄭少捷嘴裡塞，嗆了他兩口。沒搞清楚現在到底是什麼情況的鄭少捷，沒有說話的坐綁著，不知道接下來還會遇到什麼事。

當他看到向海又拿了一把像是半月形的肥厚屠刀，鄭少捷除了害怕的哭泣外已經沒有任何多餘的想法了。

向海將刀擱在鄭少捷面前的地上，擺著。

「會害怕嗎？」向海輕聲的問，但那聲音沒有透露出關愛或慈悲之類的東西，沒有。

鄭少捷點了點頭。

「其實我很好奇殺人到底有什麼好玩的，你能告訴我嗎？」向海走去那桌上拿了錄音器，把它擺在鄭少捷後方的小架上。

鄭少捷搖搖頭，沒有說話。他不知道對方是誰，什麼樣的性情，沒辦法知道什麼才叫做最正確的答案。但他希望有那種東西存在，至少可以少受一點刑。

「你覺得你可能被教化、感化、教育還是改變，之類的嗎？這些東西在你身上會不會有效？」向海很認真的問，每一個字都像是試卷考題上寫的。

鄭少捷點了點頭。他並沒有任何主意，現在的回答都只是照著生物本能想要存活的下意識舉動。順著問話者的意就沒錯了。

「可能有效，也可能沒有效。」向海自顧自的說著話：「你覺得當一個人的手指被一根一根切下來的時候，會感覺到痛嗎？」

鄭少捷被腰椎像是有一股強烈的電流通過，他一下就驚醒了，這是什麼問題？他看見旁邊那個根本還沒受刑、被綁著的人，像是一隻顫抖的小動物，褲襠已經濕了一片，只想要回到母獸溫暖的懷抱。

李崇瑞想念親生母親了，他現在非常悔恨性侵了自己的繼母。家財萬貫的自己明明就有錢可以買女人，搞到現在不只沒命，幾乎到了生不如死的關頭。等活著離開以後，一定要好好光明正大的用錢買女人，重新做人。李崇瑞由衷覺得自己是真的知道錯了。

「如果你能夠選擇，那麼你想要快一點死呢？還是慢一點死？」向海盯著鄭少捷問出自己的問題，又是那像浮雲飄過天空的違和表情。

鄭少捷沒有答話，他根本不知道該不該答話，這人瘋了！說不定根本就沒有答案，橫豎就是一死。死是一種解脫，活著才是苦。他想到那些死在自己刀下的人，在毫不知情的情況下，像是突如其來的意外，一刀就把他們帶走了。鄭少捷以為自己從此就解脫了。

「好吧，就讓我告訴你答案好了。」

只見向海撿起地上那把屠刀，收起從一開始就一直掛著的笑容。鄭少捷從那眼神當中看見了自己，那是自己曾經擁有的、修羅一般的眼神。那眼神裡沒有別人，就連自己也沒有了，那是不存在於這個世界上的眼神。

向海一個轉身，一刀殺了李崇瑞。沒有遲疑，沒有猶豫，只是完成了今天想要做的工作一般。冷酷的異常俐落。

李崇瑞錯愕的看著前方漸漸模糊的影像，直到沒有聲息。他唯一慶幸的是，不用受到任何凌遲，可以就這樣直接死去。

呼。

75 暫時不要見面了

大河走出桌遊店，已經和小熙約好了飯局。終於找到她的人了。

剛結束了一場漫長的農家樂之戰，因為是沼澤擴充的四人局，一共花了他們四個小時才結束掉整場遊戲。最後大河拿到了第二名，輸給了一個高中生一分，非常小的差距。

大河在這家店裡還算小有名氣，就是因為從來沒有人在店內玩農家樂贏過大河。雖然只限在這個地區，不過因為是都市，交流很方便，網路訊息也流得很快，只要想到要請教農家樂的訣竅或是問題，玩家就會想起大河這個人。畢竟是個圈子極小的桌遊遊戲，資深玩家並不多，那時大四快要畢業的大河，有一陣子幾乎天天都坐在店裡和人研究農家樂，久了也就熟門熟路了。

那高中生說，常常上國外的伺服器找人玩，也很少輸過。大河覺得挺新鮮的，這下子這個城市裡又多一個會玩農家樂的行家了。

進到餐廳裡，看見小熙已經坐在位子上了。她看見大河進來，揮了揮手，指著旁邊的位子，要他過來坐。大河覺得小熙舉手投足仍有著大學生特有的氣息，那是只要時間過了，就會徹底消失不見的，只有處在校園氛圍裡才會有的氣息。像是永俱童心、不會變老的彼得潘那樣。小熙現在就在那個時間裡面。

「一陣子沒見了。」大河在小熙旁邊的位子坐了下來。

「是啊，彼此都過著一往如常的生活吧。」小熙甜美的說。

兩人簡單點了餐，大河選了紅酒牛肉燉飯，小熙則是白酒蛤蜊義大利麵，一杯拿鐵，一杯桂圓紅棗熱茶。每桌座位之間相隔雖近，但右邊隔壁桌沒有客人，左邊則是木製橫條，作隔間用。

大河沒有問上一次奇怪心理醫生的事，如果真有要緊，小熙自己就會說了吧。

「我要離開一陣子了。」小熙用面紙擦拭著桌面上的叉子和湯匙，相當仔細的擦拭。她在外用餐常常都會這麼做。

「嗯，知道了。」大河沒有問為什麼，因為如果那個為什麼很重要，小熙自己也同樣會說出口的吧。像是在說一樁兩人都默認的交易案似的。

「要忙畢業之後的事情嗎？」大河問。

「嗯，有很多事情要忙，畢業前後都是。」

「妳原本住的地方，也要搬走了嗎？」

「會等畢業才搬走，不過最近也不常回那裡了。」

「所以我也最好不要去那裡找妳，是這樣嗎？」大河只是把問題確實的問了。

小熙沒有說話。過了一陣子以後才說：「有些事情不容易說清楚，我們其實是生活在海洋與陸地的兩種生物，你擁有你的生態，我這邊也有我的。大概是這樣。」

「像陸龜和熱帶魚那樣嗎？」

「像陸龜和熱帶魚那樣。」小熙說。

飲料選擇餐前，所以拿鐵和桂圓紅棗熱茶先被送了上來，兩人品嘗了幾口。隨即紅酒牛肉燉飯和白酒蛤蜊義大利麵也上桌了，他們就先吃晚餐。大河將七分熟的牛肉放入口中咀嚼，舌尖感受到紅酒的香氣，應該是昨天晚上就已經浸漬了。小熙將義大利麵用叉子捲起來，大河看見她那小小的嘴把一小口麵輕輕放入口中。

大河在想小熙的意思是不要再見面了，還是暫時不要見面。或者其實都沒有這些意思。不管如何，大河都會尊重小熙的決定，陸龜有陸龜的生活，熱帶魚有熱帶魚的。他忽然想到小熙沒有穿衣服的樣子，壓在自己身上，挪邊擺動臀部交合。就只是想到而已，很多美好的畫面，當下是情慾，但過了以後就變成了像幻燈片一樣的回憶片段。不知道小熙是怎麼回憶彼此之間的片段的。

「你養寵物嗎？」小熙問。

「不養。」大河看著小熙說話的那唇。

「以後也不會嗎？」

「應該也不會吧，怎麼了，你養寵物了？」

「沒有，養寵物大概很麻煩吧。」

「是啊。」

「有想要養寵物的人，就會想要好好的養，需要知道方法，了解寵物的生態、習性、飲食和作息，都要一一做足了功課。寵物沒辦法決定主人，沒辦法決定自己的命運，不過如果是動物，與其當被吃掉的動物，好像當寵物會快樂自在的多。」小熙說。

「寵物有寵物的宿命，我們也有我們的。」大河回應。

「有些養寵物的人，也許沒那麼有同理心。他們完全不適合養寵物，對他們來說，寵物的感受全然和自己沒有關係，牠們是牠們，就只是寵物而已。對於豢養者而言，那可能只是生活取樂的一部分。不適合養寵物的人，添增了寵物的宿命感。」

「有些寵物確實沒那麼幸運，但那似乎也是沒辦法的事情。」

「不過如果能夠知道有哪些人不適合養寵物，就會有很多寵物都會因此得救喔。」

「禁止養寵物不是更好？」

「不可能的。因為對人類來說，養寵物是一件再平常不過的事情，這個行為在石器時代就有了，也造福了一些動物免於果腹之災。悟性較高的動物，很容易就擠上了寵物的位子。不過不能以工具性區分，像牛雖然很勤奮，一旦沒辦法勞動的時候，就會變成食物。」

大河點點頭，在想貓和狗算不算早期被豢養的寵物：「所以妳覺得，人類養寵物是沒辦法被改變的，但是養寵物的人可以被改變。」

「不用改變。只要不適合的人不再養寵物就好了。」小熙最後說了大河也不太清楚卻意有所指的話：「或者是，讓他們也變成寵物那樣。」

結束晚餐以後，雖然暫時不會見到小熙了，但大河的預感告訴自己，還會再碰到面的。他的預感一向很準的。不過他忽然有一種失去寵物的感覺，更特別的是，也有一種寵物失去主人的感覺。大河現在老老實實的感覺到這些。

但是他知道，小熙所說的，也許是城市裡頭，更可怕的事情。

76 沒有死

最後一個意識，停留在叫向海的人，一個轉身，揮動那把半月形狀的屠刀，一刀把自己給殺了。脖子感覺到熱熱的血液，心臟撲通撲通，像幫浦那樣壓縮，把血液打送到全身。因為被砍了，血液到了脖子便汩湧而出，用手一抹，滿滿都是紅色的血，感覺澀澀的很不真實，聞到一股濃重鐵鏽味，那血的味道。

李崇瑞依稀記得生前的這麼多。

像夢境一場似的，現在自己仍被綁在椅上，但從李崇瑞的判斷看來，並不是同一間屋子。屋內格局大小不一樣，擺設也變了，雖然同樣都是昏暗的光線，但就連窗戶的位子也不在原來的一側。即使被換了一個位子，但單單從屋內的氣味，和給人的感覺，李崇瑞知道這是另外一間屋子，還聞的到一股外邊的草味和可能是燒過碳火的味道。

自己沒有死。也感覺不到任何的疼痛，輕輕試著轉轉脖子，並沒有什麼特別的難處，雖然不知道原因，但總算是能鬆了一口氣了。

不知道那個鄭少捷後來怎麼樣了？李崇瑞一想到他也許難逃毒手，現在還正被凌遲虐殺也不一定，不由得膽顫心驚。雖然姓鄭的活該該死，但也因同病象憐，默默的保佑他能輕鬆解脫，不要再多受苦痛才是。倒是自己雖然是犯了一點小罪小錯，但應該不至於到這個無限上綱的地步吧？

犯了「妨礙性自主」的加重刑罰，最多不過就十年，有那麼嚴重嗎？不過就做個愛、打個炮，要關那麼久簡直是要折煞壽命了，居然還被瘋子給綁了過來。李崇瑞在心裡暗暗幹罵自己的倒楣。

喀喀，那一扇手把式的鐵門被打開了。走進來一個長得相當甜美、胸部形狀也很好看的女孩，看起來說不定才大學生喔。李崇瑞還沒死裡逃生，一時想到自己疊上她屁股的畫面，不自覺又勃起了起來。

只見那女孩露出天真無邪的笑對著自己，李崇瑞心一癢，也控制不住的露出了嘿嘿嘿的笑，嘶了嘶快要流出的口水。

碰，門被關上了。

接下來，李崇瑞將會忘記，到底笑是什麼感覺。

張小熙把烤肉架架好，把木炭疊成一小堆，轉開噴槍，轟轟轟的一下就把木炭給燒紅了。

外面那幾隻忠心耿耿的土狗，很快就有大塊大塊好吃的肉可以撕咬了。據說吃過人肉的狗，會變得更加兇悍，不容易被馴服，所以張小熙都會把肉再特別的料理調製過，讓狗分辨不出那是人肉。

對於味道，張小熙一直都很有本事，那也是她不為人知的看家本領之一。

「說話算話，真是個好人。」張小熙雖然並不信任那個心理醫生，但看在他把人送回來的份上，上次的局就先原諒他吧。喜歡寫詩的張小熙，總覺得這個向海好像在哪裡見過。

李崇瑞很快就要知道，地獄這個詞是真的，而且就在不遠處。

就在這裡。

馬上。

現在。

77 鄭少捷回來了

過沒多久，鄭少捷被送回監獄的消息就又傳出來了，據說也像上次一樣，咻一下就回來了。這次不只是獄友看見，裡面的獄卒也說同樣的話：「是真的！那天大家在廣場放風，之前那個鄭少捷原本在打籃球，咻，不見了。這次竟然在同樣那個位子，籃框底下，咻，又回來了！手上還抱著那顆籃球。他還告訴我們說，他沒有不見，只是去撿籃球而已。」

聽說鄭少捷回去以後態度有明顯的轉變，氣色也好了很多，還會聽裡面的獄友說話。他說他還想好好活著，要把自己的刑期給服完。

「我不相信有神，但我相信有魔鬼。」鄭少捷心有餘悸的說。大家都看他好像經歷過什麼似的，但他就是怎麼樣也不肯說。好像說出口就會變成了真的一樣。「魔鬼真的很可怕。」

鄭少捷回來沒多久後，就被判死定讞，又過了幾天就給槍決掉了。

當他的屍體要被火化的時候，當地居民舉布條遊街抗議：「還我新鮮空氣！空氣嚴重汙染！」

那天好像是二〇一六年五月十號，天氣好得不得了，非常適合爬山野餐。

大河揹著背包，自己就出發了。

（暗影者・序）

釀奇幻47　PG2451

暗影者：甯安

作　　者	半杯火
責任編輯	喬齊安
圖文排版	蔡忠翰
封面設計	劉肇昇

出版策劃	釀出版
製作發行	秀威資訊科技股份有限公司 114 台北市內湖區瑞光路76巷65號1樓 電話：+886-2-2796-3638　傳真：+886-2-2796-1377 服務信箱：service@showwe.com.tw http://www.showwe.com.tw
郵政劃撥	19563868　戶名：秀威資訊科技股份有限公司
展售門市	國家書店【松江門市】 104 台北市中山區松江路209號1樓 電話：+886-2-2518-0207　傳真：+886-2-2518-0778
網路訂購	秀威網路書店：https://store.showwe.tw 國家網路書店：https://www.govbooks.com.tw
法律顧問	毛國樑　律師
總 經 銷	聯合發行股份有限公司 231新北市新店區寶橋路235巷6弄6號4F 電話：+886-2-2917-8022　傳真：+886-2-2915-6275

出版日期	2020年8月　BOD一版
定　　價	300元

國家圖書館出版品預行編目

暗影者：甯安 / 半杯火著. -- 一版. -- 臺北
市：釀出版, 2020.08
面； 公分. -- (釀奇幻；47)
BOD版
ISBN 978-986-445-409-9(平裝)

863.57 109010678

讀者回函卡

感謝您購買本書，為提升服務品質，請填妥以下資料，將讀者回函卡直接寄回或傳真本公司，收到您的寶貴意見後，我們會收藏記錄及檢討，謝謝！

如您需要了解本公司最新出版書目、購書優惠或企劃活動，歡迎您上網查詢或下載相關資料：http:// www.showwe.com.tw

您購買的書名：________________________________

出生日期：________年________月________日

學歷：□高中（含）以下　□大專　□研究所（含）以上

職業：□製造業　□金融業　□資訊業　□軍警　□傳播業　□自由業

□服務業　□公務員　□教職　□學生　□家管　□其它_____

購書地點：□網路書店　□實體書店　□書展　□郵購　□贈閱　□其他

您從何得知本書的消息？

□網路書店　□實體書店　□網路搜尋　□電子報　□書訊　□雜誌

□傳播媒體　□親友推薦　□網站推薦　□部落格　□其他__________

您對本書的評價：（請填代號　1.非常滿意　2.滿意　3.尚可　4.再改進）

封面設計____　版面編排____　內容____　文／譯筆____　價格____

讀完書後您覺得：

□很有收穫　□有收穫　□收穫不多　□沒收穫

對我們的建議：________________________________

____

____

____

請貼
郵票

11466
台北市内湖區瑞光路 76 巷 65 號 1 樓
秀威資訊科技股份有限公司 收
BOD 數位出版事業部

（請沿線對折寄回，謝謝！）

姓　　名：＿＿＿＿＿＿＿＿　年齡：＿＿＿＿　性別：□女　□男

郵遞區號：□□□□□

地　　址：＿＿＿＿＿＿＿＿＿＿＿＿＿＿＿＿

聯絡電話：（日）＿＿＿＿＿＿＿＿（夜）＿＿＿＿＿＿＿＿

E-mail：＿＿＿＿＿＿＿＿＿＿＿＿＿＿＿＿